JN038859

TOVE JANSSON
KOMETEN KOMMER

ムーミン谷の彗星 特装版

トーベ・ヤンソン

下村隆一＝訳

講談社

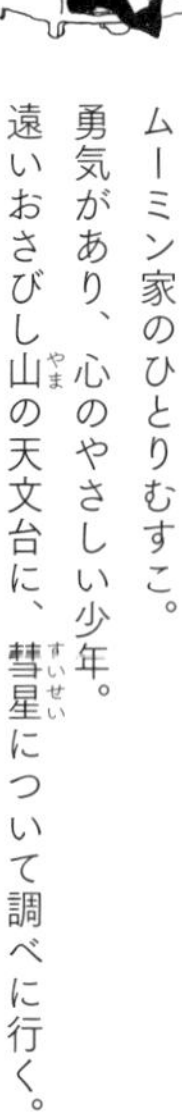

ムーミントロール

ムーミン家のひとりむすこ。
勇気があり、心のやさしい少年。
遠いおさびし山の天文台に、彗星について調べに行く。

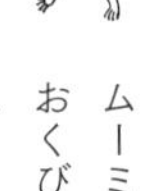

スニフ

ムーミントロールの友だち。
おくびょうで泣き虫だが、
ムーミントロールといっしょに旅に出る。

じゃこうねずみ

哲学者。
彗星が衝突して地球がほろびてしまうといって、
ムーミン谷の住人をこわがらせる。

スナフキン

自由と孤独を愛し、放浪の旅をつづけている。
ムーミントロールと出会い、いっしょに天文台へ行く。

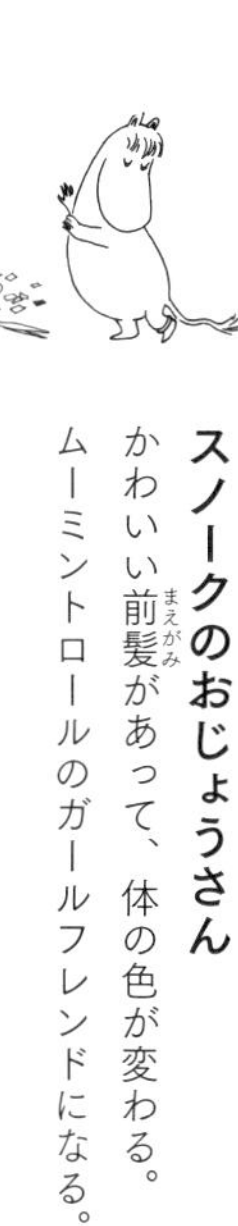

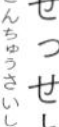
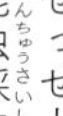
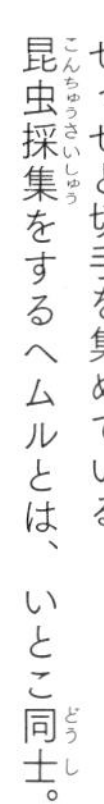
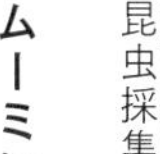
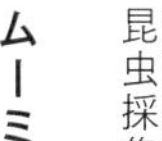

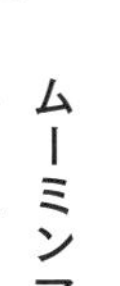
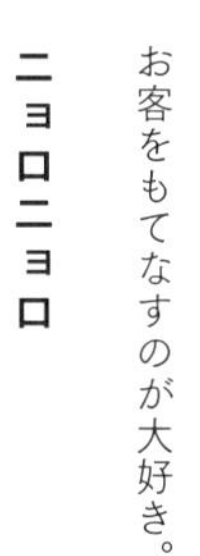
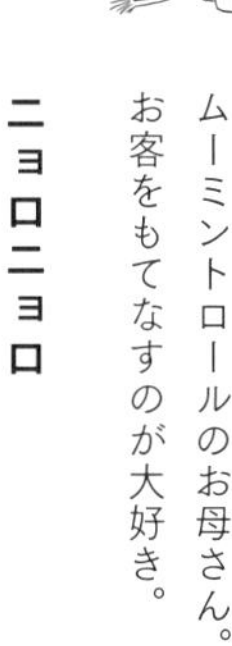
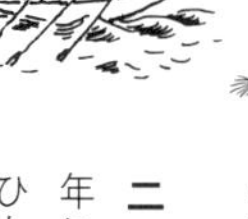

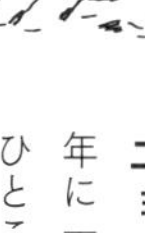

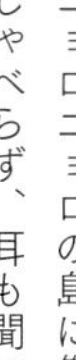
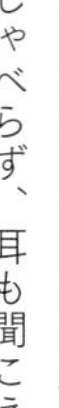

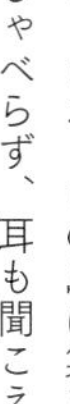

スノークのおじょうさん

かわいい前髪があって、体の色が変わる。
ムーミントロールのガールフレンドになる。

ヘムル

せっせと切手を集めている。
昆虫採集をするヘムルとは、いとこ同士。

ムーミンパパ

ムーミントロールのお父さん。
気のいいパパ。

ムーミンママ

ムーミントロールのお母さん。
お客をもてなすのが大好き。

ニョロニョロ

年に一度、ニョロニョロの島に集まってくる。
ひとこともしゃべらず、耳も聞こえないらしい。

1章

　ムーミンパパが、川へ橋をわたしおえたのと同じ日の朝、小さな動物のスニフは、すばらしい発見をしました。今まで知らなかった、あたらしい道を見つけたのです。その道は、うす暗くなっている場所から、森の中へ入りこんでいました。スニフは、じっと立ち止まって、のぞきこみました。

（これはムーミントロールに話して、ふたりでいっしょに探検しなくちゃ。ぼくひとりじゃ、こわいもの）

　スニフはそう考えて、あとで見つけやすいように、小枝を二本、目じるしに×の形に置いてから、大いそぎで走って帰ったのでした。

　ムーミンたちの住んでる谷間は、とてもきれいなところです。そこには小さな生きものたちが、たくさんしあわせにくらしていて、大きな緑の木々がしげっていました。どこからともなく来た川は、野原のまん中を通り、青いムーミンやしきのそばでぐるっとカーブしてから、ほかの小さな生きものたちがいるどこかへ、また流れていくのでした。

(道や川ってふしぎだなあ。ずっと先までつづくのを見ていると、遠くへ行きたくてたまらなくなっちゃう。どこまで行くのかなって、ついていきたくなるんだ……)

スニフはそう考えました。

スニフが家へ帰ってみると、ムーミントロールはぶらんこを木につるしているところでした。

「おうい、ぼく、ひみつの道を見つけたよ。こわそうな道だぞ」

「どのぐらい、こわそう？」

ムーミントロールが聞きました。

「ものすごくこわそうだ、といってもいい」

小さなスニフは、まじめくさった顔をしました。

「それじゃ、サンドイッチを持っていかなくちゃ。それから、ジュースもだ」

ムーミントロールはそういって、台所の窓(まど)に向かって声を張(は)りあげました。

「ママ！　ぼくたち今日、おべんとうを持って出かけるよ」

「あら。それはいいわね」

ムーミンママは、片づけ台のそばに置いてあったバスケットに、サンドイッチをつめこみました。そして、缶からキャンディをひとつかみと、べつのかごからりんごを二つ取り出しました。昨日の残りの小さなソーセージも四つ入れます。それから、いつでも飲めるように、まぜあわせてたなの上にのせてあったジュースを一びん、持ってきてくれました。

「わっ、すごい。じゃあ、いってきます。ちょっとおそくなるかもしれないけど、ちゃんと帰ってくるからね」

ムーミントロールがママにいいました。

「はいはい、いってらっしゃい」

ムーミントロールとスニフは、庭を横切り、野原を越えて、うす暗い森のところまで丘を登っていきました。その森の中へは、ふたりともまだ入ったことがありません。

バスケットを地面に置くと、ムーミン谷を見下ろしました。ムーミンやしきはごまつぶのように小さく見えるし、川は細い緑色のベルトのようでした。ぶらんこなどはまるで見えません。

「きみは、ママからはなれてこんな遠くまで来たことないだろ。ぼくはたったひとりで、ここまで来たんだぞ。さあ、ぼくが見つけたあたらしい道を見せてやるよ」

小さいスニフが、えらそうにいいました。

スニフはあちこちうろうろして、くんくんにおいをかいだり、太陽の位置を見さだめたりしていましたが、ようやく大声をあげました。

「ここだ、見つけたぞ！　うん、なんだって。この道が、こわそうじゃないって。だったら、きみが先に歩きなよ」

ムーミントロールはおそるおそる、緑色のうす暗がりの中へ入っていきました。あたりは、ひっそりと静まりかえっています。

「あぶなくないか、四方八方に気をつけてくれよ」

スニフが小さな声で話しかけました。

「ぼくひとりで、そんなにぜんぶ見られるもんか。後ろは無理だから、スニフが見張れよ」

「いやだい、いやだい、後ろはいやだよ。なにかが追いかけてきたら、こわいもの。後ろは、自分で見てよ」

スニフは、びくびくしていました。

「じゃ、きみが前を歩けよ」

と、ムーミントロールがいいました。

「それもいやだよ！　ぼくたち、ならんで歩くことにしない？」

そこでふたりは、ぴったり横にならんで、どんどん森の奥へと進んでいきました。森はますます緑がこくなり、いっそう暗くなっていきます。しかも、はじめは上り道でしたが、やがて下りになり、だんだんせまく、しまいには消えて、コケやシダが広がるばかりになってしまいました。

「道って、どこかへつづいてるものなのになあ。こんなふうに、なくなっちゃうなんて、まちがってるよ」

　ムーミントロールはこういって、コケの中へ少し入りました。

「でも、家に帰れなくなっちゃったら、どうしよう……」

　スニフがささやきました。

「ちょっと静かに。なにか、聞こえない？」

　木々のずっと奥(おく)から、かすかな音が聞こえます。ムーミントロールはまた少し進んで、鼻先を上に向け、くんくんとにおいをかぎました。風はしめっぽくて、気持ちのいいにおいがしました。

「海だ！」

　そうさけぶと、ムーミントロールはかけだしました。泳ぐことがなにより好きですからね。

「待ってよ！　ぼくを置いてかないで！」

　スニフは泣き声をあげましたが、海を目の前に見るまで、ムーミントロールは足を止めませんでした。

　砂浜(すなはま)で、ムーミントロールはおもむろに腰(こし)を下ろし、つぎつぎにおしよせる波を見つめました。どの波も、白いあわを頭にのせています。やがて、スニフも森から出てきましたが、ムーミントロールのそばにすわると、こういいました。

「きみは、ぼくを置いて走っていったね。危険なところへ置きざりにしてさ！」

ムーミントロールは、いいわけをしました。

「ぼく、とってもうれしくなっちゃったんだもの。谷も川も山も知ってるけど、海もこの近くにあるとは、知らなかったんだ。まあ、あの波を見てごらんよ！」

「つめたい色をして、怒ってるようだよ。あの中へ入ったらずぶぬれになるし、上に乗っかったら、げろが出ちゃうね」

スニフは口をとがらせました。

「スニフは、水にもぐるのがきらいなの？」

ムーミントロールは、びっくりして聞きました。

「目を開けて、もぐれるだろ？」

「もぐれるよ。でも、そんなことしたくない」

と、スニフはいいました。ムーミントロールは立ち上がって、まっすぐ海へ向かいました。

スニフがさけびます。

「どうなっても知らないよ。水の中になにがいるか、わからないんだぞ！」

けれどもムーミントロールは、太陽の光がさしこむ大波の中へ、もぐっていきました。はじめは、緑色のきらきらしたあわだけでしたが、やがて海草が森のようにしげって、砂地の上でゆれ動いているのが見えました。きれいに形がそろった海草たちには、内側がピンク色の白い貝が、かざりのようにくっついています。

さらにもぐっていくと、暗い水の中に黒い穴が開いていて、底なしの深さになっています。ムーミントロールは向きを変えて、波の上へ浮かび上がり、波に乗って浜辺へもどりました。

するとスニフが、やかましく助けをもとめているではありませんか。

「ぼく、きみがおぼれてしまったか、サメに食べられちゃったかと思ったよ。きみがいなくなったら、ひとりでぼくは、どうなるんだい？」

わめくスニフに、ムーミントロールはいいました。

「ばかなこというなよ。水にはぼく、慣れっこなんだから。それに、もぐってるとちゅうで、いいことを思いついたんだ。すごくいい、ひみつの思いつきだぞ」

「どのぐらいすごいひみつ？『谷底へ落とされてもいい』くらいの？」

ムーミントロールは、こっくりうなずきました。

スニフは、早口でまくしたてました。

「ぼくがそのひみつのひみつを守れなかったら、谷底へ落とされてもいいし、ハゲタカにこの足を食われてもいいし、アイスクリームを一生食べられなくなってもいい。それで、どんなひみつ？」

「真珠を集めて、箱の中へしまっとくんだ。白い石は、みんな真珠だぜ。うんと白くてまるいのは、みんなね」

と、ムーミントロールがい

いました。

「ぼくも真珠集めをしたいな。浜辺で真珠を集めよう。浜辺には、白くてまるい石がいっぱいあるもの」

「わかってないなあ」

ムーミントロールは、説明しました。

「海の中にあるのでなくちゃ、真珠じゃないよ。じゃ、行ってくるね」

そういってムーミントロールは、またジャブジャブと、水の中へ入っていきました。

「じゃあ、ぼくはなにをすればいいのさ！」

スニフは、後ろからさけびました。

「きみはね、真珠を入れる箱を探す役だよ」

そういったまま、ムーミントロールは水にもぐってしまいました。

スニフは、浜辺を歩きながら、ぶつぶつひとりごとをいいました。

「おもしろいことはみんな、ムーミントロールが取っちゃうんだ。ぼくがちびだからといってさ」

スニフはきょろきょろと探してみましたが、箱なんか見つかりません。海草や板きれが打ち上げられているばかりでした。砂浜はずっと向こうまでつづいていて、行きつく先は高い

岩山になっています。その岩山は、海からまっすぐにつき出て、全体が波しぶきにぬれていました。

（こんな役は、あんまりたのしくないよ。ぼくは、小さくてつまんないなあ。もう、だれともいっしょに遊びたくない……）

と、スニフは思いました。

ちょうどそのときでした。小さな動物のスニフは、岩山のてっぺんをひとりでぶらついている子ネコを見つけたのです。白と黒のぶちネコで、とても細いしっぽをぴんとはね上げていました。スニフは、うれしくてうれしくて、胸がしめつけられるほどでした。

「子ネコちゃん！　にゃんこちゃん、ここへ下りといでよ。ぼく、ものすごくさびしいんだ」

スニフは声を張りあげましたが、子ネコは黄色い瞳でちらりと下を見ただけで、さっさと歩いていってしまいます。スニフは岩山を登りはじめました。水にぬれた急な斜面をよじ登りながら、ひっきりなしに子ネコを呼びつづけました。

やっとのことで、てっぺんまで登ってみると、子ネコは、崖っぷちのせまい岩だなの上を、つなわたりみたいに歩いているのでした。

「行かないで！　ぼく、おまえが好きなんだよ」

スニフがさけんでもかまわず、子ネコは、どんどん遠くへ歩いていくばかりです。岩山の下には、波が打ちつけていました。スニフは足の力がぬけ、胸がどきどき鳴りだしました。

それで四つんばいになって、子ネコのあとを追いかけました。ゆっくりゆっくりはっていきながら、その間、ずっと考えていました。

（ちっちゃくて、やわらかくて、かわいらしい、ぼくより……ぼくよりずっと小さな子ネコ……、ああ、ぼくたち小さな生きものの神さま、どうかどうか、ぼくにこの子ネコをつかまえさせてください。ムーミントロールにすごいねっていわせてください……）

スニフは、こんなにこわい思いをしたことがありませんでしたし、自分をこんなに勇敢だと感じたこともありませんでした。するとふいに、ほら穴があらわれたのです。岩壁に穴があって、中は本格的などうくつになっています。

スニフは、あっと息を飲みました。どうくつ。こんなのは一生に一度しか見つからないか、一生かかっても見つけられないものです。きれいな砂の地面にすべすべの黒い壁。天井にはぽっかりと穴が開いていて、青空がのぞいています。太陽の光で、砂はあたたかでした。

　スニフはどうくつの中へもぐりこんで、日ざしの中に腹ばいになり、考えをめぐらせました。

（これからずうっと、ここでくらしてやるんだ。小さいたなをつって、砂の上に寝どこを作って、晩にはろうそくを立てるんだ。ムーミントロールが、うらやましがるだろうな）

　ところが、あのそっけない子ネコは、いなくなってしまいました。

　帰り道は、あまりこわいと思いませんでした。どう

くつを見つけたばかりですもの、こわいことなんか、起こるはずがありませんよね。

ムーミントロールは、まだ真珠を集めつづけていました。波うちぎわをコルクのようにぽいぽいとはね回り、海と浜辺を行ったり来たりしています。

浜辺には、白くてまるい石がたくさん置いてありました。

「ああ、帰ってきたんだね。箱はどこにあるの」

「上がっておいでよ。今すぐ、上がっといでったら」

と、スニフは大声でさけびました。

「ぼく、いいものを見つけたんだ。ひとりきりで、きみになんか考えられないくらいあぶない目にあって、いいものを見つけたんだよ」

「それは、いい箱なの？」

ムーミントロールはそう聞きながら、両手にいっぱい真珠を抱えて、浜辺へ歩いてきました。

「箱だって？　まだそんなことばかりいってる。きみも、なにもかも、谷底へ落っこちればいいんだ。ぼくにはそんなひまはないさ。だって、どうくつを見つけたんだもの。ぼくのどうくつをさ！」

「本物の？　中へもぐりこめる穴がついてるやつ？　岩の壁があって、地面が砂になってい るどうくつ？」

スニフは、じっとしていられないほどうれしくなって、返事しました。

「もちろん、ぜんぶあるさ！　きみの真珠をぼくのどうくつに置いてあげてもいいよ。もしも半分、ぼくにくれたらね。両手に山もり三ばいでもいいや」


どうくつの中に真珠を置いてみると、白さが引きたてられて、より本物らしく見えました。ムーミントロールとスニフは、砂の上にあお向けに寝ころんで、天窓から青い空を見上げました。ときどき入り口から、波しぶきがまいこんできます。日ざしもだんだんかたむいて、長くなっていきました。

スニフは、あの子ネコのことを話したくて、しかたがありません。でも、今はやめておくことにしました。まずは子ネコを見つけて、なかよしになるのが先です。

(ぼくのあとを、どこでもついてくるようにしちゃうんだ。そしたら、ある日そろってベランダへ入っていくんだ。ムーミントロールのやつ、きっというだろうなあ。「すごいな、スニフ。きみには、どこへでもついてくる子ネコがいるんだね」って。そうだ。お皿にミルクを入れて、庭へ出しておいてやろう。毎晩、かならず……)

スニフはため息をついて、いいました。

「ぼく、腹ぺこだよ。食べることもわすれるほど、しあわせになれるんだね!」


ムーミントロールとスニフが、ムーミン谷の青いやしきへもどってきたのは、午後おそくになってからでした。

川の流れもゆっくりと晩に近づいていました。そして川の上では、あたらしい橋が色あざやかに夕日をあびています。

ムーミンママは、花壇のまわりに、貝がらをきれいにならべているところでした。

「ふたりとも、たのしかった?」

ママがたずねると、ムーミントロールが話して聞かせました。

「ぼくたち、ここから百キロ以上も遠くへ行ったんだよ。海を見つけたの！　大きな波の中へもぐって、とってもいいものを見つけたよ。はじめが『し』で、おわりが『ゆ』になるもの……。でも、それがなんなのかはいえないよ」

　すると、スニフもやかましくいいました。

「ぼくは、はじめが『ど』で、おわりが『つ』のものを見つけたよ。そしてね、まん中に『う』や『く』があるの。でもそれ以上は、いえないや！」

「それは、よかったこと。一日のうちに、いいことがそんなにたくさん起こったのね。スープが保温箱の中に入っていますよ。パパが書きものをなさってるから、さわがしくしないでね」

　ムーミンママは、また貝がらをならべつづけました。青いのを一つ、つぎに白いのを二つ、そして赤いのを一つという順で、花壇はとてもきれいになっていきました。

　ママは、ひとりでそっと口笛を吹きながら、

（雨になりそうだわ）

と思いました。気味のわるい風が、ため息をつくように木々の間を吹きぬけて枝をゆらし、葉っぱたちをみんな裏向きにしてしまいました。暗い雲が長々と、空を走っていきます。

（また、ひどい大雨にならないでほしいわ）

そう思ったとたん、大つぶの雨がぱらついてきたので、ムーミンママは、残りの貝がらをあわててひろい集め、家の中へ入りました。

スニフとムーミントロールは、居間のじゅうたんの上で、眠っていました。ママはふたりに毛布をかけてやってから、窓ぎわにすわり、雨をながめました。

大つぶの黒っぽい雨のせいで、もう夕暮れのようになっています。雨は屋根の上を流れ、庭にザーザーとふりそそいで、森中をざわめかせ、遠くのスニフのどうくつにも、したたり落ちていました。

どこか、まったくだれも知らない、ひみつのかくれ場所では、人になつかないあの子ネコが、しっぽをまるめて眠っていました。


その晩おそく、みんなが寝静まったころ、ムーミンパパはものがなしそうな音で目がさめました。パパは起き上がって、耳をすましました。

雨はドードーと雨どいを流れ、屋根裏のがたついた窓が、いつものようにバタンバタンと風に鳴っています。そのときまた、ものがなしく、みじめな音がしました。

パパはガウンを引っかけて、家の中を見回りに出ました。まずは青い部屋、つぎに黄色の部屋、そして水玉もようの部屋。どの部屋も、ひっそりと静まりかえっています。ベランダのドアを開けて、雨がふりしきる外を見てみました。懐中電灯をかざして石段の上や、草の中を照らすと、雨つぶに光があたって、ダイヤモンドのように光って見えます。いちだんと、はげしい風が吹きました。

「おやおや、これは？」

と、ムーミンパパがいいました。

なんでしょうか、口ひげがあってきらきらした目のついたものが、ずぶぬれでぶるぶるふるえながら、うずくまっていたのです。みじめな生きものは弱々しい声でこういいました。

「わしは、じゃこうねずみ――家を失った、じゃこうねずみじゃ。家の半分は、おまえさんが川へ橋をかけたときにつぶれた。もちろん、そんなことはなんでもない。残りの半分は、この雨に流された。それもぜんぜん、なんでもないことじゃ。哲学者にとっては、自分が生きようが死のうが、まったく同じことじゃからな。じゃが、こう風邪をひいてしまっては、どうにも不安で……」

「それは、なんともはや、もうしわけありません。あの橋の下にあなたが住んでいらしたとは、まったくぞんじあげませんでした。どうぞ、中へお入りください。家内がどこかにベッドの用意をしますから」

ムーミンパパはおわびしましたが、じゃこうねずみはあわれな声でいいました。

「ベッドなんぞ、どうでもよい。あんなもん、必要ない家具じゃ。わしが住んでたのはただの穴ぐらじゃったが、居心地のよいところでしたぞ。もっとも哲学者にとって、居心地なんてものはどうでもよいことじゃが。しかし、いずれにしても、あれはよい穴ぐらじゃった」

彼はぶるぶると身ぶるいして、水をふるい落としました。そして、あたりのようすに聞き耳を立てました。

「ここは、どういった家なのかね」

「ごくふつうのムーミンやしきですよ。わたしが自分で建てたんです。風邪に、りんご酒を一ぱい、いかがですかな？」

「そんな心配は無用だが、まあ、せっかくじゃから」

と、じゃこうねずみはいいました。

　ムーミンパパは、ぬき足さし足で台所へしのびこみ、あかりもつけずに戸だなを開けると、いちばん上のたなにのっていた、りんご酒のびんへ手をのばしました。パパはうんとうんと背のびをしました。とたんに、皿を一つ落としてしまったのです。ガラガラガチャンと、すさまじい音がしました。

　家中のものたちが目をさましました。さけび声がしてバンとドアが開くと、ムーミンママがろうそくのあかりを手に、かけこんできたのでした。

「まあ、あなたでしたの。わたし、どろぼうが入ってきたのかと思いましたわ」

「あのりんご酒を取ろうとしたんだ。けれど、どこかのまぬけが、このけしからんグラタン皿をはしっこに置いておったもんで」

「そんなの、割れてしまって、かえってよかった

わ。とってもきたないお皿でしたもの。いすの上へ上がれば、らくに取れますよ。それから
わたしにもグラスを一つ、取ってくださいな」

パパはいすの上へ乗って、りんご酒のびんと、グラスを三つ下ろしました。

「三つも？　それは、だれの分です？」

「じゃこうねずみのだよ。あの人の家が、こわれてしまったそうでね。われわれのとこへ泊まりに来たのさ」

それから、ベランダで石油ランプをつけて、みんなで乾杯しました。真夜中でしたが、ムーミントロールもスニフといっしょに乾杯しました。ふたりはミルクでしたけどね。

雨はおどるように屋根を打ちつづけ、風はいっそうはげしくなっていました。えんとつの中へ吹きこんだ風で、タイルストーブ（家全体をあたためられる、タイル張りの大きなストーブ）の扉がガタゴトとぶきみな音を立てています。

じゃこうねずみがベランダの窓に鼻をおしつけて、外の暗がりをのぞきながらいいました。

「この雨はふつうじゃないな」

「雨なんてものは、どれもふつうじゃないのとちがいますか。もう一ぱい、いかがでしょう？」

と、ムーミンパパがたずねました。

「じゃあ、一ぱいだけ。どうも、どうも。いい気持ちになってきたようじゃ。大きな災難は、べつに気になりゃせんが、水に浸かると腹がつめたくなって、どうもいやでしてな」

じゃこうねずみは、いいました。

「ええ、あれはとってもいやですわ。でも、この雨は大水にはなりませんよ」

ママがそういうと、じゃこうねずみは鼻で笑いました。

「おくさんは、わしがなんのこと

をいうておるのか、わかっていらっしゃらないですな。このごろ、空気の中におかしなものを感じなかったかな。なにやら、いやな予感もしなかったかな。首すじがもぞもぞすることは？」

　ムーミンママは、びっくりしました。

「いいえ、そんなことは」

「なにか、こわいこと？」

　スニフが声をひそめていって、じゃこうねずみを見つめました。

「それは、なんともいえん。宇宙(うちゅう)はとてつもなく大きいが、この地球はおそろしく小さく、吹(ふ)けば飛ぶようなものじゃ……」

　ぶつぶつと、じゃこうねずみは説明しはじめました。

「もうベッドに入りましょうよ。夜おそくに、こわいお話をするのは、ほんとによくありませんわ」

　ムーミンママはあわてていいました。

　しばらくすると、あかりがぜんぶ消えて、ムーミンやしきは寝静まりました。

　でも雨と風は、朝までずっとつづいたのでした。

2章

あくる日は、くもりでした。ムーミントロールは目をさますと、外に出ました。庭はじっとりぬれていて、静まりかえっています。風はおさまって、雨もやんでいました。でも、なにもかもが、ふつうではありません。ムーミントロールは、じっと立ってあたりをながめ、あちこちのにおいをかいで、ようやくわかりました。

すべてが、灰色なのです。空や川ばかりではありません。木々も、地面も、家も。あたり一面が灰色で、この世のものと思えないほど、気味わるいようすをしていました。

「たいへんだ。たいへんだ……」

と、ムーミントロールはつぶやきました。

じゃこうねずみが家から出てきて、ムーミンパパのハンモックのところへ、ちょこちょこと走っていきました。ハンモックも灰色にうすよごれています。じゃこうねずみは中へもぐりこんで、灰色のりんごの木を見上げました。

「ねえ、おじさん、これってなんなの？　どうして、こんなになにもかも、灰色になっちゃったの？」

ムーミントロールがさけびました。

「わしのじゃまをするな。あっちへ行って、遊びなさい。遊べるうちに思いきりな。こういうことは、わしらにはどうにもならん。ならば、哲学的にとらえるまでじゃ」

「こういうことって？」

「もちろん、地球がほろびることじゃ」

じゃこうねずみは、静かにそういい放ったのでした。ムーミントロールは、あわてて台所へかけこみました。ママは、朝のコーヒーをわかしているところでした。

「ママ！　なにもかもみんな灰色になっちゃったよ。じゃこうねずみさんがね、地球がほろびるっていうの。見に来てよ！」

ムーミンママはコーヒーを火から下ろして、庭へ出ました。

「まあ、なんてこと。どうしてこんなに、ひどくよごれちゃったのかしら」

ママはそういって、木の葉を手でぬぐってみました。少しべたべたする灰色のものがついて、手がうすぎたなくなりました。

「この雨はふつうじゃないって、じゃこうねずみさんがいったでしょ。空気の中におかしなものがあって、首すじがもぞもぞするって。そしてね、こういったよ——地球はおそろしく小さくて……」

　と、ムーミントロールがわめきました。

「きっと、じゃこうねずみさんは、少し気が立っていただけですよ。自分の家がこわれて、おなかがつめたくなってしまったら、だれでもそうなるわ。コーヒーを飲んだら、お庭をおそうじするわね。心配いらないから、あんまりスニフちゃんをおどかすんじゃありませんよ」

　ムーミンママはこう話してから家へもどり、パパをつかまえていいました。

「あなた、外のようすをごらんになりました？」

「ああ、見たとも。リンのにおいもしたぞ！　とってもおもしろい現象だ」

　ムーミンパパはゆかいそうでした。

「でも、子どもたちがこわがります。おまけにじゃこうねずみさんが、子どもたちをいっそうこわがらせるのよ。あの人にたのしい話をするか、そうでなければ、なんにもいわないようにに、おねがいしてくださいません？」

ママはこう、たのみました。

「うん、そうしてみよう」

ムーミンパパは約束しましたが、一言つけくわえました。

「あの人は、ひとりぐらしが長かったから、いいたいことをそのまま口に出してしまうんじゃないかな」

そのとおりでした。朝のコーヒーのあと、じゃこうねずみはベランダのテーブルの上で、宇宙全体を作ってみせてから、

「これが太陽じゃ」

といって、砂糖入れを指さしました。

「このビスケットが、みんな星じゃ。そして、このパンくずが地球でな。どうじゃ、この小さいこと！　宇宙は、どこまでもつづくほど大きいのにな。宇宙はまっ暗闇じゃ。その暗闇の中に、怪物がうごめいておる。さそり座とか、大ぐま座とか、やぎ座とか……」

「まあまあ」

ムーミンパパが口をはさみました。

ところが、じゃこうねずみはおかまいなしにつづけます。

「べつの太陽系は、このテーブルの上には、のせきれん。あっちじゃ！」

じゃこうねずみはそういって、サンドイッチを一つ、庭へ放り投げました。

「あらまあ。太陽系って、たくさんありますの？」

ママは残りのサンドイッチを自分のほうへ引きよせてから、たずねました。

「数えきれないほどどな。それから見たら、地球なんぞはほろびようとほろびまいと、ほんの小さいことなのがおわかりじゃろ」

じゃこうねずみは、陰気な笑いを浮かべて答えました。

ママはため息をつきました。

「ほろびるのは、いやだ！　ぼくはどうくつを見つけたんだ。ほろびたら、こまるんだよ！」

スニフがさけびだしたので、パパがじゃこうねずみのほうへ身をのりだして、いいました。

「どうです、しばらくハンモックの中で考えることにしては？　きっと、気持ちがいいでしょうよ」

「そんなことをいって、わしを追いはらいたいのじゃろう」

じゃこうねずみはそういって、地球に見立てていたパンくずを、テーブルの上から、ぷうっと吹き飛ばしました。ムーミントロールは、今にも泣きだしそうになりました。

「さあ、これからみんなで川へ行きましょうよ。草船の作り方を教えてあげますよ」

と、ムーミンママが声をかけました。


その日は、たいへん長い一日でした。スニフもムーミントロールも、どうくつへ行く気になりませんでした。出かけている間に、地球がほろんでしまったらたいへんですものね。真珠を集めるのも、いっぺんにばかばかしい気分になってしまいました。

ふたりは日がな一日、ベランダの階段にすわっていました。なんとなく、そうしているのがいちばん安全なように思えたのです。そして青くなんかなくて、まっ黒だった宇宙のことを、ひそひそと話しあいました。宇宙の中では、太陽系全体も、まきちらされたサンドイッチほどの値打ちもないというのです。

「あの子たちに、なにかさせないといけませんわ。ふたりとも、遊ぼうともしないもの。じゃこうねずみにいわれて、この地球がほろびることしか考えられないんだわ」

ムーミンママは、心配そうです。

「子どもたちを、しばらくよそへ行かせようと思うんだ。じゃこうねずみが、天文台のことを話していたしな」

と、パパがいいました。

「なんですって？」

「てん、もん、だいだよ。少し川を下ったところにあるらしい。星を観測する場所なんだ。子どもたちが星のことしか考えられないなら、いっそのこと見に行かせたらいいんじゃないか？」

「ええ、そのとおりね」

ママはそう返事して、ライラックのしげみのほこりはらいをつづけました。

ムーミンママはじっくりと考えて決心すると、ベランダの階段へ行っていいました。

「パパとママが、考えたんだけどね。あなたたち、ちょっと旅をしていらっしゃい」

「ママ、おねがい。地球がほろびちゃうかもしれないのに、ぼくたちをどこかへやらないでよ」

ムーミントロールがたのみました。

「宇宙は暗闇で、大きくてこわい星がいっぱいなんだよ」

小さな動物のスニフは、ぶつぶついいました。

「そうね。だからその星を、あなたたちに見に行ってほしいの。この近くに、星を観測する場所があるって、じゃこうねずみさんがいってたわ。そういう星がどのくらい大きいのか、宇宙は本当にまっ黒なのか見てきてくれたら、みんなが助かるわ」

「そしたら、ママが安心できるっていうの？」

と、ムーミントロールが聞きました。

「そうですとも」

ママが答えると、ムーミントロールはすっくと立ち上がりました。

「ぼくたち調べてくるよ。ママ、心配しないでね。きっと、思ってるより地球はずっと大きいよ」

スニフは、興奮で足をがたがたさせながら考えました。

(——ぼくもいっしょに行けるんだ。ちびだからるすばん、なんかじゃないんだ)

スニフは顔を上げて、ムーミンママにいいました。

「ぼくたち、ちゃんとやるよ。安心して。一つわすれないでほしいんだけど、ぼくがいない間、毎日お皿にミルクを入れて、階段の上へ出しておいてよ。ひみつだから、そのわけはいわないけどさ」

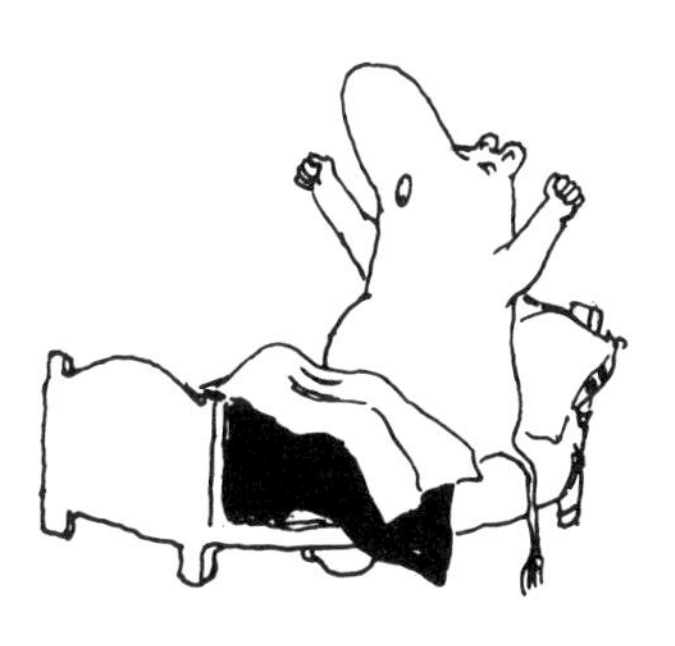

3章

いよいよ旅に出発する朝、ムーミントロールはたいへん早く目をさましました。窓へかけよって天気のぐあいを見ると、空はやっぱりくもっています。山には雲がひくくたれこめて、庭の木の葉をゆする風も、ぜんぜん吹きません。

「スニフ、起きろよ。ぼくたち、出かけるんだぞ！」

ムーミントロールはそうどなって、階段を転がるように下りました。さっそうとした気持ちで、自分がおそろしく強くなったようにさえ、感じました。

ムーミンママは、なにやかや、せっせとしたくしている最中でした。サンドイッチはもちろん、居間のテーブルの上には、リュックサックやバスケットや箱がたくさんのっています。

ムーミントロールはいいました。

「ねえママ、こんなにたくさん、持っていけないよ。

ぼくたち、笑われてしまうよ」

「『おさびし山』は寒いのよ」

そういって、ママはセーターを二枚と、パンケーキ用フライパンを一つ入れました。

「コンパスは持ってる？」

「うん、持ってる。だけど、お皿だけでも出しちゃだめ？　ぼくたち、青い葉っぱにのせて、食べるつもりなんだもの」

「そう。好きになさい」

ママはお皿を引っぱり出しました。

「パパが、いかだの用意をしてくださってますよ。じゃこうねずみさんは眠ってるわ。スニフちゃんは、どこ？」

「ここだよ」

スニフは寝起きのふきげんな声で答えました。とても眠そうに、顔中をくしゃくしゃにして。スニフは階段のところへ出て、ミルクのお皿をのぞいてみました。すると、たちまち目がさめました。ほんの少しですが、ミルクがへっています。

(あの子ネコが、ここへ来たんだ。きっとまた、来るにちがいない。ぼくが家へ帰ってきたら、ここで待ってるんじゃないかな)

そのころにはこの宇宙だって、ちゃんと落ちついてるかもしれませんよね。

川岸には、いかだが帆を上げて浮かんでいました。

「さあ、川のまん中をたどっていけよ。まるい屋根の変わった建物が見えたら、それが天文台だ。じゃこうねずみがいっていたが、そこには星のことしか考えないえらい学者が、うんと住んでるそうだ。大きい星やら、小さい星やら、星という星についてだよ。さあ、もやいづな(船をつなぎとめるロープ)をたぐりこめ。じゃあ、気をつけて!」

こういって、ムーミンパパはふたりを送りだしました。

「いってきます!」

ムーミントロールとスニフがさけびました。いかだは川下へ、すべりだしました。

「たのしんでらっしゃいね。日曜日までに帰ってくるのよ。こけももクリームのおいしいケーキを作っておくわ。寒くなったら、わすれないでウールのズボンをはくのよ。おなかの薬は、リュックの左ポケットに……」

ムーミンママも、大声をあげました。

でも、いかだはもう、はじめのまがり角を回っていました。子どもたちの目の前には、手つかずのままの、わくわくする川が、見知らぬ土地に向かって広がっていました。


しだいに両岸が高くなって、はるかかなたの空には「おさびし山」が黒々とそびえていました。川も空もどんよりとにごっていて、あたりは静まりかえっています。鳥の声一つしません。水面にはね上がる魚も、一ぴきもいません。そして、天文台も見えませんでした。

小さなスニフは、せがんで舵を持たせてもらいましたが、じきにつかれてしまいました。

「まだ、つかないの」

「これは、ものすごく大事な大旅行だぜ。小さな動物がこんな旅をまかされるなんて、めったにないことなんだ」

と、ムーミントロールは返事しました。

「だけど、なんにも起こりゃしない。同じようなくすんだ色の岸がつづいて、退屈だよ。真珠を集めたり、どうくつに小さなたなを作るほうがいいなあ……」

「真珠か。あんなの、ただの白い石じゃないか。これは、本物なんだぞ。地球がほろびるか

もしれないってときなんだぞ。それをどうにかできないか、ぼくたちが調べに行くんだ。昨日、きみは星のことばかりいってたじゃないか」

「うん、昨日はね」

スニフはいいました。

あいかわらず川は灰色で、音もなく流れつづけています。夕方になって、五十ぴきものニョロニョロが、東へ向かって川をわたっていくのが見えました。

「今年はあいつら、おそいんだな。スニフ、きみはニョロニョロを近くで見たことがあるかい？　あいつらはしゃべらないし、人のことも気にしちゃいない。両手をふりながら、ずっと遠くをにらんで、どんどん進んでいくだけなんだよ。パパがいってたけどね、ニョロニョロたちは、どこかにあるあこがれの地をめざしているけど、どうしてもたどりつけないんだって……」

と、ムーミントロールがいいました。

スニフはニョロニョロたちを見つめました。とても小さくて、色が白く、表情がありません。

「いやだな。ぼくはニョロニョロを近くで見たことないし、見たくもないや。ねえ、まだつかないの？」

ムーミントロールはため息をつきました。そして、カーブにさしかかって舵を切ったとき、向こうの川岸になにかが見えたのです。ソフトクリームの入れもののような、黄色いものでした。この日はじめて見た、あかるい色です。

「あれはなに？　天文台なの？」

スニフは大声をあげました。

「ちがうよ。あれはテント、黄色いテントさ。中にあかりがついている……」

と、ムーミントロールがいいました。

近づいてみると、テントの中からハーモニカの音が聞こえてきました。ムーミントロールはいかだの舵を切りました。いかだはゆっくりと陸地のほうへまがり、岸辺に止まりました。

「ハロー？」

ムーミントロールが、用心しながら声をかけました。

ハーモニカの音がやんで、テントからムムリクがあらわれました。緑色の古びたぼうしをかぶって、パイプをくわえています。

「よう！　もやいづなをこっちへ投げろよ。きみたち、コーヒーを少しいかだにのせていないか？」

スニフがはしゃいで、さけびました。

「缶にいっぱい持ってるさ！　砂糖もあるぞ。ぼくはスニフ、千キロ以上も遠くから来たんだよ。とちゅうは、おおかたぼくが舵をとってきたのさ。ぼくはね、うちにひみつのものを持っているんだ。『ね』ではじまって『こ』でおわるものさ！　この友だちは、ムーミントロール。この子のパパは、自分で家を建てたんだぜ」

「ふうん、そうかい。ぼくはスナフキンというんだ」

といって、そのムムリクはふたりをじっと見ました。彼はテントの外で小さな火をおこして、コーヒーをわかしました。

「きみは、ここにひとりだけで住んでるの？」

ムーミントロールがたずねました。

「ぼくは、あっちでくらしたり、こっちでくらしたりさ。今日はちょうどここにいただけで、明日はまたどこかへ行く。テントでくらすって、いいものだぜ。きみたちは、どこかへ行くとちゅうかい？」

スナフキンは、コーヒーカップを三つ出しながらいいました。

「うん、天文台へね。ぼくたち、危険な星を観測して、宇宙がほんとにまっ暗闇かどうか、調べるんだ」

ムーミントロールがまじめな顔で答えました。

「それは、長い旅になるよ」

そういったきり、スナフキンはしばらくだまっていました。

コーヒーができあがると、カップについでから、口を開きました。

「彗星というのは、わからないからな。どこから来て、どこへ行くのか。まあ、こっちへは来ないいんじゃないか」

スニフが目をまるくして、たずねました。

「彗星って、なんなの？」

「なんだ、知らないのかい？ きみたち、危険な星を観測しに行くんだろ？ 彗星というのはね、ひとりぼっちの星で、正気を失ってるのさ。それで、燃えるしっぽを引きずりながら宇宙を転げ回ってるんだ。ほかの星はみんな、ちゃんとした軌道を回ってるけど、彗星というやつは、どこへでもあらわれるのさ。ここへもな」

「そしたら、どうなるの……？」

スニフは、かすれた声でいいました。

「そりゃあ、たいへんさ。地球が、こなごなになっちまうな」

「きみは、そんなことをぜんぶ、どうして知ってるんだい？」

ムーミントロールがせきこんで聞くと、スナフキンは、肩をすくめました。

「うわさ話で聞いたのさ。コーヒーのおかわりは？」

「いや、いいよ。ぼく、コーヒーを飲む気がしなくなった」

ムーミントロールがいうと、スニフは悲鳴をあげました。

「ぼくもだ。苦しい……げろが出ちゃう！」

みんなはじっとすわったまま、なにもいわずに、荒れはてた風景をながめていました。スナフキンがハーモニカを取り出して、たそがれを思わせる歌を吹きました。

あのおそろしいものに、今、名前がついたのです。「彗星」という名前です。ムーミントロールは空を見上げました。くもっていて静かで、いつもと変わらないように見えます。けれども、もう知ってしまいました。雲におおわれた空の向こうに、火の玉になった星が、近づいてきているのです。長いしっぽを光らせた彗星が、ぐんぐんと……。

「彗星は、いつ来るの？」

ムーミントロールが、だしぬけに聞きました。

「それは、きみたちが天文台へ行けば、きっとわかるさ。だけど、今晩はぜったい来ないよ。日が暮れるまえに、みんなで少し散歩しないか」

スナフキンは立ち上がりました。

「どこへ行くの？」

スニフがなさけない声を出しました。

「ああ、どこへ行ってもいいよ。でも、行き先がないとっていうのなら、ガーネットの谷間へ行こうか」

スナフキンがそういうと、スニフがさけびました。

「ガーネットだって！　それ、本物？」

「それはどうかな。でも、とてもきれいだよ」

三人は荒れ地の奥へ向かって、ごつごつした岩と、とげのあるしげみの間を、ゆっくり入っていきました。

「お日さまが出ていれば、よく輝いて、いいんだけどな」

スナフキンはいいましたが、スニフは返事もしません。胸がどきどきして、口ひげも先までぴんと立っています。気分のわるかったことなど、どこかへ吹き飛んでしまっていました。

地面のあちこちに深い割れ目が走る谷間を、そろりそろりと進んでいきます。そこはうす暗く、気味のわるいほど静かでさびしいところでした。三人はひそひそと声をかわしました。

「気をつけろよ。さあ、ここだ」

スナフキンがそっといいました。

みんなは身をのりだして、のぞきこみました。数知れぬほどたくさんの赤い石が、せまい谷間のほの暗い光の中に輝いています。まるで黒い宇宙にちらばった、いくつもの彗星のように……。

「あれぜんぶ、きみのものなの？」

スニフが小声でたずねると、スナフキンは関心なさそうに答えました。

「ぼくがここに住んでる間はね。自分できれいだと思うものは、なんでもぼくのものさ。そ

の気になれば、世界中でもな」

「あれ、いくつかもらってもいい？　そしたら、帆船でも、キックスケーターでも買えるもの」

スニフが、わくわくしながら聞きました。

「好きなだけ、取れよ」

と答えて、スナフキンは笑いました。スニフは、そろそろと谷底へ下りはじめました。鼻をすりむいたり、転げ落ちそうになったことも、たびたびでした。でも、ぜったいにあきらめません。

やっと下までたどりつくと、スニフはふうと息をついてから、ふるえる手でガーネットを集めだしました。これとくらべたら、ムーミントロールの真珠なんて石ころです！　山のようにガーネットを抱えながら、スニフは谷底をどんどん奥へ進みました。幸福でいっぱいになりながら、夢中でひろい回っています。

「おうい、もうそろそろ、上がってこいよ！」

と、スナフキンが上からどなりました。

「待って！　まだたくさん残っているんだよ……」

「日が暮れると、寒くなるぞ」

「うん。行くよ……もうすぐ……」

スニフはそういって、いっそう奥へ入っていきました。そこには、大きな赤いガーネットが二つ、こちらに向かって光っていました。

そのときです。おそろしいことに、二つのガーネットが動いたのです。まばたきしながら、スニフのほうへぐんぐん近づいてきました。ガーネットには、うろこでおおわれた体がついていて、岩の上をするすると音を立てながらすべってきます。

「きゃっ！」

ひと声悲鳴をあげると、スニフは後ろも見ずに逃げました。飛びはねるようにして、あっちこっちにぶつかって、すべったり転んだりしながら、岩壁のところにたどりつきました。それから、冷や汗にぬれた手で、よじ登りはじめました。すぐ下に、ゆっくりとおそろしい鼻息が聞こえます。

「どうしたの。なにをそんなにあわててるんだい？」

ムーミントロールがたずねても、スニフは返事もしないで、ただ登るばかりです。やっと崖っぷちへはい上がると、へなへなとしりもちをついてしまいました。

ムーミントロールとスナフキンは、崖の上にのりだして、谷底をのぞきこみました。すると、見えたではありませんか——。おそろしい大トカゲが、ガーネットの山の上にうずくまっているのが。

「なんてこった……」

ムーミントロールはうめきました。

スニフは地面にすわりこんだまま、泣いています。

「すんだことだよ。ね、きみ」

スナフキンがいうと、スニフはしゃくりあげました。

「ガーネットが……ぼく、一つも取ってこられなかったよ」

スナフキンはスニフのそばに腰を下ろして、やさしくいい聞かせました。

「そうだな。なんでも自分のものにして、持って帰ろうとすると、むずかしくなっちゃうんだよ。ぼくは見るだけにしてるんだ。そして立ち去るときには、頭の中へしまっておく。ぼくはそれで、かばんを持ち歩くよりも、ずっとたのしいね」

「ガーネットはリュックへ入れられたのに。見るだけと、手で持って自分のだと思うのとは、ぜんぜんちがうよ」

スニフはかなしそうにいって立ち上がると、音を立ててはなをかみました。それからみんなは、物思いに沈み、少しばかりふさぎこんで、うす暗い谷間の中を引きかえしていきました。


スナフキンのおかげで、旅はたいへんたのしいものになりました。初めて耳にするようなメロディを聞かせてくれたり、カード遊びや魚つりを教えてくれたりしました。手に汗をにぎる、とほうもない話もしてくれました。

川も、おもしろくなってきました。あちこちでうずをまいて、流れが速くなったのです。

川幅もせまくなって、「おさびし山」が近づいていました。あいかわらず空をおおいつくしているあつい雲に、てっぺんをつきさすようにして、おさびし山がそびえています。けれども、天文台らしいものは、どこにも見えません。

「なにか、話をしてよ。彗星のことじゃなくて、なにかおもしろい話をさ」

スニフは、いかだの舵をとるスナフキンにいいました。

「きみたち、火を噴く山の話を聞きたいかい？」

ふたりが勢いよくうなずくと、スナフキンはパイプにたばこをつめて、火をつけてから話しはじめました。

「あのね、いつだったたか、あたり一面が黒い溶岩だらけの土地へ行ったときのことだよ。昼も夜も、溶岩の下でゴトゴト音がしてたんだ。それは、溶岩の下で眠ってる地球が、ときどき寝がえりする音だったのさ。溶岩のかたまりがゴロゴロ転がって、そこから湯気が立ちのぼり、この世のものとは思えないほどすごいながめだったよ。ぼくがそこへついたのは夜で、ずいぶんつかれていたから、お茶を飲みたくなったんだ。かんたんさ。だって煮えたぎってる温泉の湯を、なべでくめばいいんだよ」

「やけどしなかった？」

と、ムーミントロールが聞きました。

「ぼくは、竹馬で歩いたからね。竹馬に乗ってれば、どんな岩のかたまりでも、地面の割れ目でも、平気さ。もちろん穴ぼこに引っかからないように、気をつけなくちゃならないけど。そう、ぼくはなるべくすずしい場所をえらんで、お茶を飲んだよ。どこもかしこも、ぐつぐつわき立っていて、生きものも緑の葉っぱも、一つも見えなかったね。そしたらとつぜん、眠っていた大地が目をさましたんだ。大きな音を立てて、ぼくの目の前で噴火口が開いて、赤い火とものすごい灰が、もうもうと噴き出たんだぜ」

「火を噴く山！　それで、きみはどうしたの？」

スニフが大声でいいました。

「見てただけさ。すごくきれいだった。大地の中から火の精たちがわんさと舞い上がって、火花のように飛び回るのが見えたよ。あたりがだんだん熱くなり、すすだらけになったので、ぼくもそこから逃げだしたけどね。

山のふもとで小川を見つけたから、腹ばいになって水を飲んだんだ。もちろん、その水は熱くなってた。でも、煮えくりかえっているほどではなかったよ。するとそこへ火の精が一ぴき飛んできたんだ。そいつは川の中へ落ちちゃって、もう少しで火が消えてしまうところだったのさ。かろうじて頭だけは燃えてるけど、あとは、ぷすぷすとくすぶって、けむりが出てるんだよ。火の精のやつ、声を張りあげて、ぼくに助けをもとめたんだ」

Tove

「助けてやったの？」

と、スニフが聞きました。

「うん。べつに、いやなやつじゃなかったもの。だけど、あいつをつかんだから、やけどしたよ。火の精は岸へ上がると、だんだんまた燃えてきたので、大よろこびさ。それで、飛んで帰るまえに、ぼくにプレゼントをくれたよ」

「えっ、どんな？」

スニフがさけびました。

「地下のサンオイルを一びんさ。火の精が地球の中心までもぐっていくときに、体へすりこむ油だよ」

「きみも、それをすりこんでおけば、やけどしないで火の中をくぐれるの？」

スニフは、目玉が飛び出そうな顔をしています。

「そうともさ」

スナフキンがいうと、ムーミントロールは声を張りあげました。

「どうしてそれを、今までいってくれなかったの？　だったら、ぼくたちみんな助かるじゃない。彗星が来ても、それがあれば……」

「しかしね、もうおおかたなくなっちゃったんだよ。火事になってる家から荷物を出してあげたりしたからね。こんなことになるんだったら……。今では、びんの底に少し残っているだけなんだ」

と、スナフキンは、かなしそうにいいました。

「それでも、小さな動物になら、たりるんじゃない？　まあ——ぼくくらいの大きさのなら」

スニフが聞きました。

「まあね。だけど、しっぽの分はないな。しっぽは燃(も)やしちゃえよ」

「なんだって！　それなら体中がこげるほうが、まだましだい。じゃ、子ネコにだったら、たりる？」

けれども、スナフキンは聞いていませんでした。彼(かれ)は、体をぴんと起こして、心配そうにくんくんと鼻をうごめかしました。

「川がおかしいぞ——なにか、気がつかないか？」

「音が変わったね」

ムーミントロールが答えました。

そうなのです。川がザーザー、ゴーゴーといっていました。そこら中でうずをまいて、それも、今までのように小さなものとは、くらべものにならない大きさです。

「帆を下ろせ！」

と、スナフキンが声をあげました。

流れが、とても急になりました。まるで、長い旅に出ていた人が、家の近くまで来ていることに気づいて思わず走りだすように、むちゃくちゃな勢いで川が流れだしたのです。川幅がせまくなり、両岸にそびえている山は、ますます高くけわしくなりました。

「ぼく、岸を歩きたいんだけどなあ」

「岸は歩けない。川がおだやかになるまで待たなくちゃ」

スナフキンは、スニフにいいました。

けれども、川はおだやかになるどころではありません。いっそう幅がせまくなって、あわだった水が、みぞのようになった流れの中へおしこまれていきました。いよいよ「おさびし山」の間へ入ったのです。

いかだは木の葉のようにおどりながら、深い谷川をつき進みました。切り立ったまわりの山にさえぎられて、日の光は細く細くなりました。山の中のどこかから、ゴーゴーと音が聞こえます。

ムーミントロールは、スナフキンの顔を見ました。こわがっているかどうか、見たので

す。スナフキンはやはりパイプをくわえていましたが、その火は消えてしまっていました。黒く水にぬれた岩壁が、そばをかすめていきます。ゴーゴーいう音は大きくなり、いかだが大ゆれにゆれたと思うと、ビューンとはじき飛ばされました……。

「なににでもいい、しっかりつかまってろ、落ちるぞ！」

スナフキンがどなりました。

しばらくは、白くあわだった水と、川の音ばかりでした。スニフのわめき声も、なにも聞こえませんでした。ちっぽけないかだは滝を流れ落ちて、ぎりぎりとうめいてから、ちゃんと浮かび上がりました。それからまた、暗闇の中を走りつづけました。

「なんで、こんなに暗いの！」

スニフが大声を出しましたが、だれも返事しません。

あわだった水だけが青白く光り、そのほかはすべてがまっ黒でした。まわりにそびえていた山が消え、トンネルの中へ入ったのです。いかだはなすすべもなく、うずにまかれながら流されつづけました。ときどき、壁にぶつかって、きりきり回りました。滝の音はしだいに後ろへ遠ざかり、やがてあたりは、暗闇と静けさばかりになってしまいました。

「みんな、いる？」

スニフがふるえながら聞きました。

「ぼくはここにいる、と思うけどなあ。これは、ママにじまんできるぞ」

ムーミントロールの声がしました。

そのとき、細い光が灯りました。スナフキンが懐中電灯をつけたのです。その光は、黒い水の流れや、ぬれた岩壁の上を、心細そうにうろうろしました。

「なんだか、トンネルがだんだん小さくなるように思うんだけど。気のせいかな？」

ムーミントロールが、うんと小さい声でいいました。

「ほんの少しだけさ、たぶん」

スナフキンは気を落ちつけようとしましたが、うまくいきませんでした。そのとき、バリバリと音がして、マストの先がいかだの上へ落ちてきました。

「マストをたおすぞ、手伝ってくれ！　早く！」

と、スナフキンがさけびました。

マストはザブンと水の中へ落ちて、見えなくなりました。三人は、ぴったりと身をよせあって、かたずを飲みました。スニフはふと、なにかが耳をこするのを感じました。

「耳――ぼくの耳が、天井につかえたよ！」

スニフはこうさけび、ばったりとうつぶせになって、両手で顔をおおいました。そのとたん、いかだがガタンと急に止まったのです。

「立つな、じっとして」

スナフキンがどなりました。

トンネルの中は、かすかに灰色の光がさしているだけで、めいめいのおびえた顔が、どうにか見えるだけでした。スナフキンは懐中電灯をかかげて、下をのぞきこみました。

「マストだ。マストがつっかえ棒になって、いかだが引っかかっているんだ。見ろ、ほんとにあぶないところを助かったんだぞ！」

みんな、目を見張りました。黒く光っている水が、ゴーゴーとすさまじい音を立てながら、まっすぐに底なしの穴の中へ落ちこんでいるのでした。

「ぼくはもう、うんざりしちゃったよう。きみらにも、こんな旅にも、きみらの彗星にも！」

小さなスニフは、大声をあげて泣きだしました。

「ぼく、いったじゃないの、あぶないから、岸を歩こうって！　ぼくみたいに小さなものが……」

「よしよし。でも、冒険物語じゃ、かならず助かることになっているんだよ。まあちょっと、上を見てみなよ」

と、スナフキンがなだめました。

スニフは、鼻水をぬぐって見上げました。岩の割れ目がまっすぐ上につづいていて、わずかなすきまから、くもった空がちょっとだけ見えています。

「だめだ。ぼくは鳥じゃないもの。もし、ぼくが鳥だとしても、やっぱりだめさ。ぼくは小さいとき耳の病気になって、それからはずっとめまいがするんだもの」

そういってスニフは、また泣きました。

そこでスナフキンはハーモニカを出して、冒険の歌を吹きはじめたのです。並の冒険じゃなくて、とてつもない大冒険をうたった歌でした。助かって、人々がどよめくところはくりかえしました。スニフはようやく落ちついてきて、口ひげをぬぐいました。ところがその歌は山の割れ目を伝って上へ響いていき、つぎつぎにこだまして、しまいに一ぴきのヘムルを起こすことになったのでした。そのヘムルは、昆虫採集の網を横に置いて、眠っていたのです。

「いったい、これはなにかな？」

そういって、ヘムルは、あたりを見回しました。空を見上げ、網の中をのぞきこみ、虫を入れたびんのふたを開けて、中も見てみました。

「やかましいな。このへんに、なにかやかましいものがいるぞ」

と、彼はつぶやいて（このヘムルは、音痴でした）、しまいには虫めがねをつかんで、草の中を探しはじめました。探しては、耳をかたむけかたむけ、くんくんにおいをかいで、地面の深い割れ目をつきとめました。そこの、やかましいことといったら！

「これは、うんと変わった昆虫にちがいないぞ。きっ

と、めずらしい……そうだな、新種のやつかもしれんわい」

ヘムルはつぶやきながら、すっかり興奮してしまいました。せいいっぱい大きな顔をつき出して、割れ目の中をのぞきこみました。

「見て、あそこにヘムルがいる！」

ムーミントロールがさけびました。

「助けて！　助けてぇ！」

スニフもわめきました。

「あいつらは、もうやけっぱちだな」

ヘムルはぼそぼそいいながら、網をさし入れました。引っぱり上げるときの重かったこと！　ヘムルはうんうんいいながらたぐり上げて、網の中を見ました。

「こいつは、おかしいな」

こういってヘムルは、ムーミントロールとスナフキンとスニフと、テントとリュックサックを二つ、網から出したのでした。

「ほんとに、ほんとにありがとう。あぶないところを助けてくれて」

ムーミントロールがいいました。

「わしが、おまえさんらを助けただと？　そんなつもりではなかったがなあ。わしは、この

下でやかましい音を立てとった、めずらしい昆虫をつかまえようとしただけだ」

……ヘムルという生きものはだいたい、飲みこみがわるいのですが、怒らせさえしなければ親切なのです。

「ここ、『おさびし山』ですか」

スニフがたずねると、ヘムルが答えました。

「それは知らんがね。ここはめずらしい蛾のおる山だよ」

「うん、ここが『おさびし山』さ」

スナフキンがいいました。

あたり一面に、ものすごく大きい灰色のさびしい山々が、そびえていました。しいんと静まりかえっていて、寒いほどでした。

「ぼくたちの天文台はどこなの？」

スニフがまた聞いたので、ヘムルがいらいらしはじめました。

「それも、わしは知らん。しかしいったい、おまえさんらは蛾のことで、なにか知っとるのかね？　それを知りたいわい」

「ぼくたち、彗星を探してるだけなんです」

と、スニフが説明しました。

「それは、めずらしいものかな？」

ヘムルは体をのりだしました。

「まあそうですね。百年に一つぐらいですから」

と、スナフキンが答えました。

「ほう。そんなら、ぜひつかまえにゃならん。どんな形をしておるのかね」

「赤くて、長いしっぽがついてるよ」

ムーミントロールがいうと、ヘムルは手帳を出して書きこみました。

「そいつは、フィリクナルクス・スヌフシガロニカの一種にちがいないぞ。学のある人たち、もう一つおたずねしたいが、そのめずらしい昆虫はどうやって生きておるんかな？」

「ヘムルにたかってさ」

　スニフがそう返事してくすくす笑うと、ヘムルの顔がまっ赤になりました。

「学問で悪ふざけはいかん。では、わしは失礼する」

　それから彼は、びんをぜんぶ集め、昆虫採集の網を取りあげると、わき目もふらずに、おさびし山の中へ入っていったのでした。

「あいつ、彗星のことを、カブトムシかなにかだと思いこんでるんだ。ばかなやつ！　けっさくだね。ああ、ぼく、コーヒーが飲みたいな」

　スニフがはしゃいでいいま

した。

「コーヒーポットは、いかだの上へ置いてきてしまったよ」

ムーミントロールはコーヒーが大好きなので、スナフキンのことばを聞くなり、割れ目のところへかけよって、下をのぞきこみました。

「いかだが、なくなっちゃったぞ！　コーヒーポットは地の底へ落ちてしまったんだ。コーヒーなしで、どうしたらいいんだ！」

ムーミントロールがさけぶと、スナフキンがいいました。

「パンケーキを食べるのさ」

そこで三人は火をおこして小さなパンケーキを作り、焼けたそばから食べていきました。これが、パンケーキの正しい食べ方なのですよ。

すっかり食べてしまうと、いちばん高い峰をえらんで、頂上めざしてゆっくり登りはじめました。天文台を作るのなら、だれでも、できるだけ星の近くにするでしょうからね。

その日の夜おそくでした。おさびし山はおごそかにそびえて、深い眠りに落ちていました。峰々は谷間の上でにらみあい、谷には凍りつくようにつめたい霧が立ちこめていました。重々しい山から、ときどき小さな雲のかたまりが流れだして、ゆっくり山腹をすべっていきました。ワシやタカが、この山に巣を作っているのでした。

一つの峰の下に、小さな小さなものが光っていました。もっと近づいてみると、それは黄色いテントのあかりだとわかったことでしょう。こんな荒れはてた場所では、スナフキンのハーモニカも、とてもさびしそうに響きました。

遠くでハイエナが顔を上げて、耳を立てました。このハイエナは音楽なんて聞いたことがなかったのです。それで、気味のわるい遠ぼえをしたのでした。

「なんだろ?」

スニフは、火のそばへよりました。

「おそろしいものじゃないさ。さあ、仮装舞踏会に行った花バチの歌をやるぜ」

と、スナフキンはいって、またハーモニカを吹きました。

「いい曲だね。だけど、花バチがどうなったのか、仮装舞踏会はたのしかったのか、よくわからないよ。それより、なにかお話をしてよ」

ムーミントロールがいうと、スナフキンはちょっと考えてからたずねました。

「ぼくが少しまえに会ったスノークって、なあに?」

「話してないよ。スノークたちのことは、話したっけ?」

スナフキンは、びっくりしました。

「きみ、ほんとにスノークのこと、知らないのか？　きっと、きみの親類にちがいないぜ。よく似てるもの。もっとも、きみは色が白いし、あいつらはいろんな色をしていて、おまけに気持ちが高ぶると、色が変わるけどね」

　ムーミントロールは、怒った目つきでいいました。

「そんなやつと親類なもんか。色が変わるようなやつとなんか、親類じゃないよ。ムーミントロールは一種類しかいないし、色は白なんだ！」

　でも、スナフキンは平気な顔です。

「とにかくね、このスノークたちはきみとよく似てるんだよ。見た目の話だがね。スノークは、仕切り屋でなんでも首をつっこんで調べたがるんだ。ときどき、うるさいくらいさ。彼の妹は、聞いてることは聞いてるがね、うわの空なんだと、ぼくは思うよ。まあ、自分のことでも考えてるんだろう。あの子は、やわらかできれいなうぶ毛にすっかりおおわれていて、前髪まであるのさ。いつでも、ブラシでととのえてるよ」

「ばかなやつだなあ」

　ムーミントロールはいいました。

「さあ、それでどうなったの」

　スニフがたずねました。

「ああ。べつになにも起こらなかったさ。スノークの妹は、だれかがおなかをいたくすると、草で小さな腹まきを編んで、心のこもったスープを作ってやるんだ。それから、耳の後ろには花をかざっているし、左の足には金の輪をはめてるよ」

「そんなの、お話じゃないよ。ちっともスリルがないもの」

と、スニフが大声をあげました。

「体の色を変えるスノークと生まれてはじめて会ったら、きみはそれをスリルだと思わないのか？」

そして、スナフキンはまたハーモニカを吹きはじめました。

「女の子なんて、くだらないよ。まったく、きみもさ」

ムーミントロールはそういうと、寝ぶくろの中にもぐりこみ、テントの壁のほうを向いて目をつぶりました。

けれどもその晩、彼は、自分に似たスノークの女の子に、耳の後ろへかざる花をプレゼントしている夢を見たのでした。

4章

「いやになっちゃうな。テントの中は、なんて寒いんだ」

あくる朝、ムーミントロールは目をさますなり、いいました。

スナフキンは、お茶をわかしていました。

「今日は、いちばん高い峰へ登るぞ」

「どうして、そこが天文台のある峰だってこと、わかるの？」

スニフはこう聞きながら、頂上を見ようと首をのばしました。でも灰色のあつい雲にかくされていて、見えません。

「これを見ろよ。たばこの吸いがらだらけじゃないか。みんな、学者たちが投げすてたのさ」

と、スナフキンがいいました。

「あっ、そうか」

スニフは自分が気づかなかったので、しぶい顔です。

三人は、くねくねした細い山道を登っていきました。安全のために、めいめいの体に命づなをまきつけて。

いちばん後ろを歩いていたスニフが、訴えました。

TOVE

「こんどもまた、なにかあったら、きみたちの責任だよ。わすれちゃだめだぜ。ぼくの耳の病気のことをね」

道はずんずんけわしくなり、みんなはだんだん高いところへ登っていきました。見わたすかぎり、はるか昔のような景色は、おそろしいほど大きく、とてもさびしいものばかりでした。

さむざむとした絶壁の間を、一羽のハゲワシがつばさを広げて舞っていました。生きているもので目に入るのは、このハゲワシだけでした。

「ものすごく、でっかい鳥だなあ。あんな高いとこにひとりぼっちでいるなんて、とってもさびしいだろうなあ」

と、スニフがつぶやきました。

「どこかに、およめさんがいるさ。子どももうんといるかもしれないよ」

スナフキンはいいました。

ハゲワシはゆうゆうと舞いながら、つめたい目とまがったくちばしのついた頭を、あちこちに向けていました。ところが、三人の真上まで来ると、つばさをふるわして止まってしまったのです。

「あいつ、今なにを考えてるのかな?」

と、スニフがたずねました。

「怒ってるみたいだよ、ぼくたちのことを……」

ムーミントロールがこういいかけたとき、スナフキンがさけびました。

「来たぞっ!」

みんなは岩かげに転がりこみました。すごい羽音を立てて、ハゲワシが向かってきます。みんな、岩の割れ目にぴったりと体をおしつけ、おたがいにしっかりだきあって、息をころしていました。ハゲワシがおそってきました。巨大なつばさが嵐のように岩を打ちつけ、あたり一面がまっ暗になりました。その、こわかったこと!

そしてとつぜん、また静かになったのです。三人は、ふるえながら顔を出しました。はるか下の暗い谷間で、ハゲワシが大きく半円をえがいて舞っています。それからすばやく舞い上がると、山の奥めがけて飛んでいきました。

「あいつ、失敗したのがはずかしいんだ。ハゲワシは、とってもほこり高い鳥だからね。一回失敗したら、二度とはやらないのさ」

スナフキンが説明しました。

スニフは感激して、大声をあげました。

「子どものいるハゲワシ、すごいなあ。それから、大トカゲ。地球の底まで落ちる滝！　ぼくみたいに小さな動物には、すごい冒険がありすぎる旅だよ！」

「まだ、いちばん大きな冒険が残ってるぞ。彗星さ」

と、ムーミントロールがいいました。

三人は、あつい雲を見上げました。

「青空が見えればなあ」

スナフキンは、ハゲワシが残していった羽根を一本ひろって、ぼうしにさしこみました。

「さあ、行こうぜ」

夕方近くには、雲の中へ入るほど高いところまで登っていました。するととつぜん、あたり一面がつめたい霧におおわれてしまいました。どんよりとした灰色の空間が広がるばかりで、ほかにはなにも見えません。道はすべりやすく、歩くのも危険でした。三人とも寒くてたまらず、ムーミントロールはウールのズボンのことを思って、かなしくなりました。あのズボンも、地球の中心へ向かって落ちていってしまったのです。

「雲って、ヒツジの毛のようにやわらかくて、中に入ったら気持ちよさそうだって思ってたんだけどなあ。こんなばからしい旅、ぼくはうんざりしちゃったよ」

スニフはそういって、くしゃみをしました。

そのときムーミントロールが、ぴたりと足を止めました。

「あれはなんだろ？　あそこに光っているのは……」

「ダイヤモンドかな？」

と、スニフはいっぺんに元気になりました。

「どうも、小さな足輪らしいぞ」

そういうと、ムーミントロールは、霧の中をまっすぐに進みました。

「気をつけろ！　あっちはまちがいなく、崖っぷちだぞ！」

スナフキンがどなりました。

ムーミントロールはゆっくりゆっくりと進みました。腹ばいになって、崖っぷちにのりだすと、手をのばしながらさけびました。

「ロープを持っててね！」

スナフキンとスニフは、ありったけの力でロープをつかみ、ムーミントロールは崖っぷちから、いっそう体をのりだしました。そして、ようやく足輪をつかんで、もどりました。

「こりゃ、金でできてるぞ。スノークのおじょうさんは、左の足に金の輪をはめてるって、いわなかった？」

ムーミントロールが聞きました。

スナフキンは、かなしそうに答えました。

「うん。あのきれいなおじょうさんはいつも、あぶない場所へ、花をつみに行くらしいよ」

「その女の子はきっともう、ジャムみたいにつぶれちゃってるよ」

と、スニフがいいました。

彼らは、しょんぼりと歩きつづけました。高く登れば登るほどつかれてきて、寒くなるばかりです。三人はすわりこみ、ものもいわずに、あたりをつつんでいる灰色のベールを見つめました。

そのとき雲がやぶれて、ふいに雲海が足元に広がりました。上から見ると、それはいかにもやわらかそうで美しく、ジャブジャブと中へ入っていって、もぐったりおどったりしたくなるほどでした。

「ぼくたち、もう雲の上にいるんだなあ」

スナフキンがあらたまって、口を開きました。

それからみんなは、ひさしぶりにあらわれた空を見上げました。

「どうしたんだろ」

スニフがおびえながら、つぶやきました。

空が、青くなかったのです。うすく赤みがかっていて、いかにも不自然に見えました。

「たぶん、日が沈むからじゃないかな」

スナフキンも、あやふやでした。

「うん、そうに決まってる。太陽が沈むからさ」

と、ムーミントロールもつけくわえましたが、みんな、わかっていました。日が沈むからではありません。夕空を赤く染めているのは、あの彗星なのです。彗星が地球へ向かって、地球に住んでいる小さな生きものぜんぶに向かって、おそいかかってくるからなのでした。

ぎざぎざした峰のてっぺんに天文台があって、そこでは学者たちがすぐれた観測を何千もおこなっては、たばこを何千本もけむりにし、星だけを相手にしてくらしていました。天文台の塔には、ガラスの丸屋根がついていて、虹のような七色のガラス玉がかざられています。ガラス玉は、たえずゆっくり回っていました。

先頭に立って歩いていたムーミントロールは、ドアを開けると、入り口で立ち止まりました。塔全体が大きな一つの部屋になっていて、世界最大の天体望遠鏡が、たえず星をにらんでいるのです。望遠鏡は、宇宙の危険なものを追って、ゆっくり動きながら、ネコがのどを鳴らすような音を立てていました。

おおぜいの学者がちょこまかと、いそがしく動き回っています。ぴかぴかした真鍮の階段を上がったり下りたりして、ねじをしめたり、機械を調節して距離をはかっては、ノートに書きこんだりしていました。みんなとてもあわただしく、どの人もたばこを吸っています。

「こんばんは」

ムーミントロールは声をかけましたが、だれも気づきません。そこで、おそるおそる中へ入っていって、いちばん近くにいた学者の上着を、引っぱってみました。

「なんだ、またきみか」

と、その人がいいました。

「すみません。でもぼく、はじめて来たんです」

ムーミントロールは、おずおずといいわけをしました。

「それじゃ、あいつは、きみによく似た別人だったんだな。このごろは、うるさくてかなわん。うろちょろして、子どもじみた質問をするやつらの相手をしてる時間なんか、わしらにはないんだ。足輪だとかなんだとかいいおって。この彗星は、わしの生涯の中で、もっとも興味があることなんだからなあ……。で、きみの用はなんだね」

「たいしたことじゃないんですが、その女の子……ぼくのまえにここへ来た女の子のことなんですけど、その子には、前髪があったかどうか、知りたいんです。耳の後ろに、花をかざっていたでしょうか」

学者は両手を空のほうへのばして、ため息をつきました。

「わしは前髪や花には、興味がない。足輪にもだ。彗星がやってくるというときに、女の子が足輪をなくしたことなんぞに、ちょっとでも意味があると、きみはほんとに思ってるのか」

「意味があることだって、あるでしょう」

ムーミントロールは本気です。

「どうもありがとうございました」

「礼をいわれるようなことでもあるまい」

そういって学者は、さっさと望遠鏡のところへ行ってしまいました。

「ねえ、あの人はなんていったの？　彗星は来るって？」

スニフが小声でたずねました。

「いつ、ぶつかるって？」

スナフキンも聞きました。

「それを質問するの、わすれちゃった。だけどね、スノークのおじょうさんが、ここへ来たんだって！　谷底に落ちてなんかいなかったんだよ！」

ムーミントロールはいいました。

「きみはばかだよ。こんどは、ぼくが行ってくる。ちゃんと聞いてくるから、まあ見ててくれ」

こういって小さなスニフは、ほかの学者のところへ行って、声をかけました。

「ここには、立派な人たちがいて、彗星をいくつも発見したんだって、聞いてきたんですが――」

「そうかね？」

学者は、うれしそうです。

「こんどの彗星は、格別美しいんで、わしは自分の名前をつけようと思ってるんだ。ちょっと、見に来たまえ」

スニフはあとにつづいて、いくつも階段を上りました。小さな動物たちの中ではじめて、この世界最大の天体望遠鏡をのぞかせてもらえるのです。

「どうだ、美しい彗星だと思わんかね？」

と、学者がいいました。

「宇宙は黒いんだなあ。ほんとにまっ黒だ」

スニフはつぶやきました。こわくて、身の毛がよだちました。その黒い宇宙の中に、大きな星がいくつも、まるで生きているように、息をしていました。

じゃこうねずみがいったように、どれもこれも大きな星です。そしてはるか遠く、星たちのまん中に、おそろしい目のような赤いものが光っているのです。

「あれが彗星なんですね。あの赤いのが彗星で、こっちへ進んでくるんですね」

スニフがたしかめると、学者がうなずきました。

「もちろん、来るとも。じつに興味深いものなのだ。毎日、だんだんよく見えるようになってくる。日に日に、いっそう大きく、赤く、美しくなるんだ！」

「だけど、じっとしてますね。おまけに、しっぽも見えないけど」

「あの彗星の尾は、後ろについているのだ。それに、まっすぐにこっちへ向かってくるから、動かないように見えるんだ。美しいじゃないか」

学者は説明しました。

Tove

「ええ、赤いものはきれいですね。それで、いつ、ここまで来るんですか？」

スニフは、おそろしさでこちこちになって、望遠鏡の中の小さな火の玉を見つめました。

「わしの計算したところでは、八月七日の午後八時四十二分に、地球に衝突する。四秒おくれるかもしれんが」

「そしたら、どうなります？」

「どうなる？　そんなことは、考えたことがないね。その経過はくわしく記録しておくつもりだが」

スニフは、ふるえる足をふみしめて、階段を下りはじめましたが、とちゅうで急に足を止めて、聞きました。

「今日は、何日でしたっけ」

「八月三日だ。時刻は、ちょうど七時五十三分」

「それじゃ、ぼくたち、すぐ帰らなくちゃ。さよなら」

小さな動物のスニフは、大得意で鼻を高くして、もどってきていいました。

「黒かった。まっ黒だった」

「なにがさ？」

ムーミントロールがたずねると、スニフは説明しました。

「もちろん宇宙が、だよ。そしてさ、彗星は赤くて、後ろにしっぽがついてるんだ。八月七日の午後八時四十二分に、地球と衝突する。四秒おくれるかもしれん。ぼくが学者といっしょに計算したんだぞ」

「それじゃ、早く家へ帰らなくちゃ。日曜日のごちそうは、なんだったっけ」

と、ムーミントロールがいいました。

スニフは、興味なさそうに、こういってのけました。

「こけももクリームじゃなくて、とんでもクリームのケーキさ。子どももだましだなあ。とりわけ、天体望遠鏡で観測してきたものにとっちゃ」

「だけど、とにかく早く帰らなくちゃ」

ムーミントロールは、さっとドアを開けて、外へ飛び出したのでした。

スナフキンがどなりました。

「落ちつけよ。そんなに走ったら、谷底へまっさかさまだぞ。彗星が来るまで、まだ四日あるじゃないか」

「彗星、彗星ってそればっかり。そんなの、家へ帰れば、パパとママがなんとかしてくれるよ……。それより、スノークのおじょうさんを探さなくちゃ！　ぼくが足輪を見つけたことを、スノークのおじょうさんは知らないんだもの」

ムーミントロールは、そんな大声をあげて、夕暮れの中にすがたを消しました。あとのふたりも、むすんだロープに引っぱられていきます。

空を染めているいやな赤い色は、いちだんとこくなっていました。雲が吹きはらわれて、この世のものとも思えない夕方の光の中に、山々のすがたがむきだしになっていました。はるかかなたに、川の流れが細いおびのようにかすみ、黒い森が点々とちらばっています。

（そうだな。こいつらは、家へ帰ったほうがいいだろう。スノークのおじょうさんも、足輪のあるほうが、ないよりはましだろう。彗星が来るにしても、来ないにしても）

スナフキンは、そんなふうに考えたのでした。

5章

八月四日。もう空はくもっていませんでしたが、太陽はぶきみな影をまとっていました。おさびし山からのぼって、赤い空の中へすべりこんでいくとき、太陽はいくらか黒ずんで見えました。暑くなってきました。

みんなは夜通し、歩きに歩いたのです。スニフがぐずぐずいいだしました。

「くたびれたよう。つかれちゃったよう。もう、このテント運びを、かわってよ。パンケーキ用フライパンもさ」

すると、スナフキンが答えました。

「それはいいテントだが、ものに執着せぬようにしなきゃな。すててしまえよ。パンケーキ・フライパンも。ぼくたちには、用のなくなった道具だもの」

「本気なの？　谷底へすてるの？」

スニフがびっくりして聞くと、スナフキンはうなずきました。

スニフは、崖っぷちまで歩いていって、ぶつぶついいました。

「このテントの中で、くらすことだってできるのになあ。ぼくがもらって、死ぬまでぼくのものにしてもいい……ねえ、ムーミントロール、ぼく、どうしたらいいのか、わからなくなっちゃったよ」

「きみには、どうくつがあるじゃないか」

と、ムーミントロールはやさしくいいました。

すると、小さな動物のスニフはにっこりして、荷物をぜんぶ投げ飛ばしました。パンケーキ用フライパンは勢いよく、岩の間を転げ落ちて、カランカランとにぎやかな音を立てました。

「こりゃ、すごいや！」

ムーミントロールはそうさけぶと、なべをいくつも、つづけて落としました。いい音のすること！

最後のなべが谷底へ落ちて静けさがもどるまで、たっぷりたのしむことができました。

「さあ、気分はよくなったかい」

と、スナフキンがたずねました。

「ううん。ぼく、めまいがする」

スニフはまっ青な顔をしていうと、ばったりと地面にたおれてしまい、それ以上は歩こうとしませんでした。

ムーミントロールが声をかけました。

「おい、おい。ぼくたちはいそいでるんだぜ。早く見つけないと、あの……」

「わかってるよ、わかってるよ」

と、スニフは、そのことばをさえぎりました。

「きみのばかなスノークのおじょうさんを、だろう。ぼくにさわらないでくれよ。じゃないと、げろをはいちゃうぞ！」

「スニフは、休ませておいてやれよ。石を転がしながら、待ってることにしよう。きみは、石を転がしたことがあるかい？」

スナフキンが聞きました。

「いや、ないね」

と、ムーミントロール。

スナフキンは、崖のふちに近い、大きな石のかたまりをえらびました。

「さあ、見てなよ。一、二、三」

石は崖っぷちからゴロゴロと転がりだして、見えなくなりました。ふたりはかけつけて、下をのぞきこみました。石のかたまりは、かみなりのようにあばれまくって、いくつも小石をはね飛ばして落ちていき、だいぶ時間がたってから、ゴロゴロというこだまが、谷間によせたり返したりしました。

「山くずれが起きたね」

スナフキンは上きげんでした。

「ぼくにもさせてよ！」

ムーミントロールはさけんで、崖（がけ）っぷちにどうにかのっかっていた、もっと大きな石のほうへ、かけよりました。

「気をつけろ！」

と、スナフキンはどなりましたが、おそすぎました。

大きな石が転がりだしたと思ったら、なんということでしょう、ムーミントロールもいっしょに転げ落ちたのでした。

もし、ロープを体にまきつけていなかったら、ムーミントロールが一ぴき、この世の中から少なくなってしまったことでしょうね。

すぐさま、スナフキンはあお向けにたおれて、ショックにたえる用意をしました。ものすごい衝撃（しょうげき）が来ました。スナフキンは、体が二つに折れたほどに感じました。

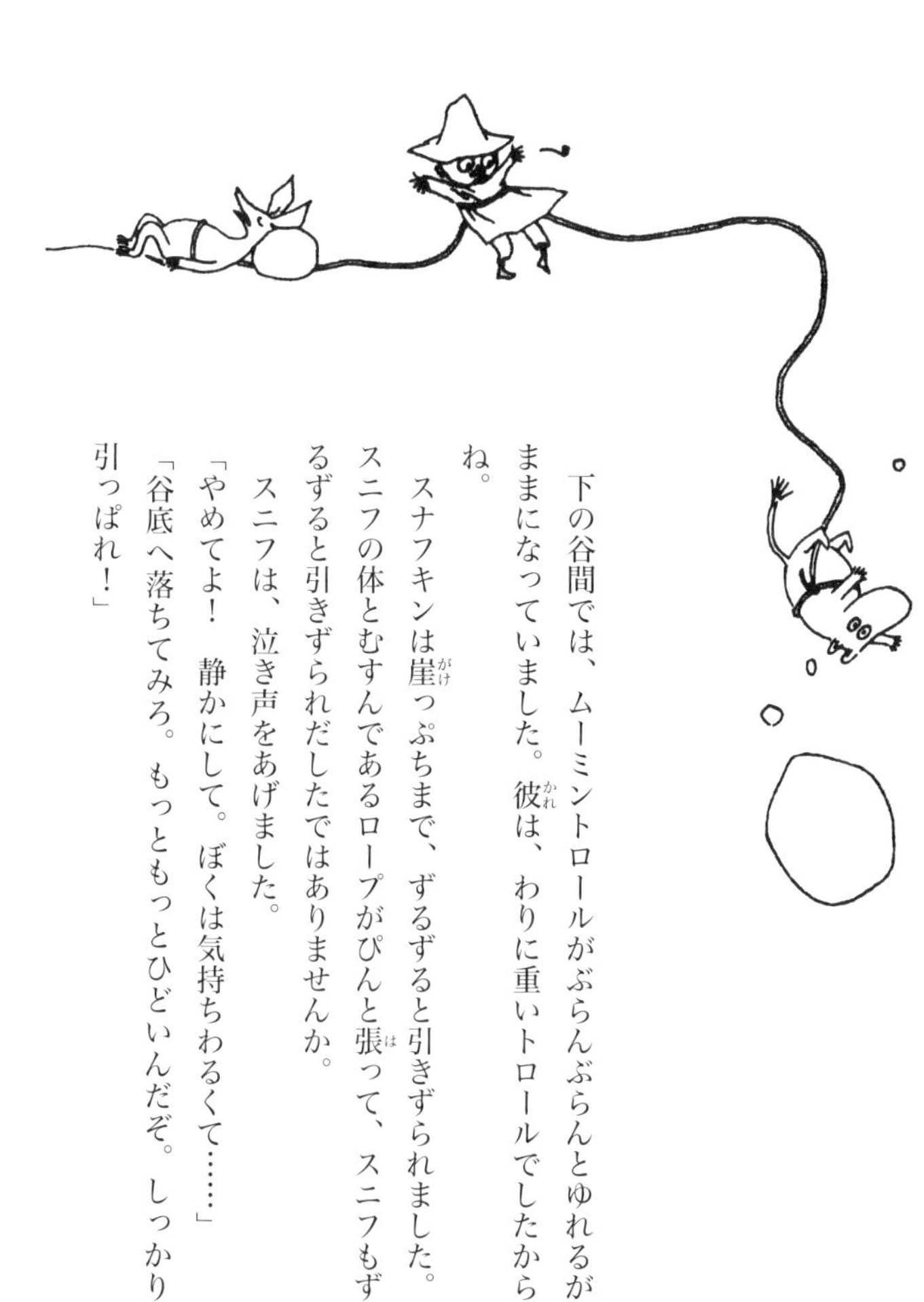

下の谷間では、ムーミントロールがぶらんぶらんとゆれるがままになっていました。彼は、わりに重いトロールでしたからね。

スナフキンは崖っぷちまで、ずるずると引きずられました。スニフの体とむすんであるロープがぴんと張って、スニフもずるずると引きずられだしたではありませんか。

スニフは、泣き声をあげました。

「やめてよ！　静かにして。ぼくは気持ちわるくて……」

「谷底へ落ちてみろ。もっともっとひどいんだぞ。しっかり引っぱれ！」

スナフキンがどなりました。

崖の下では、ムーミントロールがわめいています。

「助けてくれえ！　引っぱり上げてくれえ！」

スニフは顔を上げてみて、いっそう青くなりました。でもこんどは、こわさで青くなったのです。手足もしっぽも使って、はって逃げようとしました。あっちへこっちへともがきまわった拍子に、ロープが岩の間にはさまって、ようやくずるずるすべるのが止まりました。

「さあ、つぎは引っぱるんだぞ。ぼくが『それ！』といったら、思いきり引っぱれよ。まだだぞ。まだまだ……それ、今だ！」

スナフキンのかけ声で、ふたりは全身の力をこめて、ロープを引っぱりました。少しずつ、崖のふちからムーミントロールが見えてきました。最初に耳が、それから目が、つぎに鼻が、顔がだんだん出てきて、最後にムーミントロールの全身があらわれたのです。

「やれやれ。ママも、ここにいたらよかったのになあ」

ムーミントロールがいいました。

「やあ！　会えてうれしいよ。きみが下に落ちるのを止めたのは、ぼくなんだよ」

こう、スニフはいってやりました。

みんなはしばらく腰を下ろしていましたが、だしぬけに、ムーミントロールが話しだしました。

「ぼくたち、ばかなことをしたぞ」

「そうさ。きみたちはばかだよ」

スニフは口をはさみました。

ムーミントロールはつづけました。

「大失敗だ。重罪だ！　もしもあの石が、スノークのおじょうさんの頭にあたったら……」

「そしたら、おじょうさんはぺしゃんこさ」

と、スニフ。

ムーミントロールは、がばっと立ち上がって、大声を出しました。

「ぼくたち、行かなくちゃ。今すぐに」

こうして、にぶい太陽を浮かべて赤くくすんだ空の下を、彼らは下っていったのでした。


山のふもとでは、岩の間を、小川が流れていました。たいへん浅い川で、底には雲母石がきらきら光っています。あのヘムルが、つかれた足を水に浸けて、ひとりでため息をついていました。そばには『北半球の昆虫、その習性と非習性』というぶあつい本が置いてありました。

「おかしいぞ。赤いしっぽのやつなんぞ、一ぴきもおらん。それならディデロフォルミア・フナトポゲテスだろうが、あれはありふれた虫だし、しっぽもないしなあ」

そうこぼして、彼はまた、ため息をつきました。そのとき、

「やあ」

と、岩角の後ろから、ムーミントロールが顔を出しました。

「こらっ、びっくりさせるな。また、おまえたちか。山くずれかと思ったぞ。今朝は、まったくおそろしかったわい」

「なにが？」

スニフが聞くと、ヘムルがいいま

した。

「もちろん、山くずれじゃ。じつにおそろしかった。家ほども大きい石がゴロゴロ飛んできて、とっておきのガラスびんが割れてな。わしも、もう少しでつぶれるところだった。見てみい。頭にたんこぶができた。ほれ、これじゃ」

「ひょっとしたら、ぼくたちが通りがかりに転がし落とした石かもしれませんよ。とても大きなまるい石があると、そのままにしておくのが、もったいなくて……」

スナフキンがうちあけました。

「つまりおまえたちが、あの山くずれを起こしたというんだな？」

ヘムルはゆっくりと聞きました。

「なるほど、そういうことか。おまえたちのことは、つまらんやつらだとは思っていたが、ますます関わりたくなくなったわい」

ヘムルはくるりと背を向けて、つかれた足を水の中でジャブジャブとしていました。しばらくすると、またいいました。

「まだここにいるのかね」

「もうすぐ、行きますよ」

スナフキンはつづけて、たずねました。

「お聞きしたいのですが、あなたは空の色がなんだかおかしいことに、気づいておられますか」

ヘムルは、おどろいてくりかえしました。

「空の色？」

「ええ、あの赤い色です」

と、ムーミントロールがつけくわえました。

「ふん、空など、どうでもいい。なんなら、チェックがらになっていても、かまいはせん。わしは、空などめったに見ないからな。気になるといえば、このきれいな小川が干上がってきたことだ。こんなことがつづけば、足に水をかけられなくなってしまうからな」

「けれど、それは危険な大彗星が――」

ムーミントロールが説明しはじめると、ヘムルはいきなり立ち上がって、荷物をぜんぶ集め、向こう岸へわたっていってしまいました。

「さあ、行こう。あの人は、ひとりでいたがっているんだから」

スナフキンがうながしました。

歩くにつれ、だんだんとたのしい道のりになってきました。コケがふんわりと一面に生えていて、そこここに花も咲いています。森の近くへ来ていました。とてもあたたかでした。

「きみたちは、どっちのほうに住んでるんだい？　もう、まっすぐに歩いていかないと、彗星が来るまでに間にあわなくなるぞ」

スナフキンに聞かれて、ムーミントロールはコンパスを見ました。

「これは、へんだぞ。針がくるくる回ってばかりいる。コンパスって彗星をこわがると思う？」

「もしかしたらね。ぼくたちは、本能にしたがって歩くのがいいんだ。ぼくは、コンパスなんか信用したことがないね。方角に対する自然な感覚を、おかしくするだけさ」

こう、スナフキンは答えました。するとスニフが、きっぱりといったのです。

「ぼくは今、食べものに対する自然な感覚をばっちり持ってるよ。どうして、こんなに長いこと、なにも食べずにいるの？」

「そりゃ、食べものがなくなったからさ。ジュースでも飲んで、たのしいことを考えながら、がまんするんだな」

スナフキンは返事しました。

そのうちに、小さな湖にさしかかりました。水がへり、浅い池になってしまっていて、いやなにおいがします。岸辺には水草が、緑色のねばねばしたすがたをさらしていました。泳ぐなんて、考えられません。

「きっと、湖の底に穴が開いちゃったんだね。それで、水がぜんぶ流れ落ちちゃったんだよ」

スニフがいいました。

「ヘムルの小川も、水がへってたね」

と、ムーミントロール。

ジュースのびんを調べて、スニフがやかましくさわぎました。

「ジュースもへっちゃってるぞ！」

「なんだよ。自分で飲んだんじゃないか。ばかなやつだな」

ムーミントロールが口出ししました。

「ばかなのは、きみのほうだよ！」

スニフがそうどなったのは、つかれて心細く、腹ぺこだからでした。

するとそのとき、悲鳴が聞こえたのです。だれかが、森の中でさけんでいました。たいへんするどく、かん高い悲鳴で、三人とも首すじの毛がぴんとさか立ってしまうほどでした。

ムーミントロールが勢いよく走りだしました。

「待って！　ぼく、ついていけないよ！　ああ、うう」

スニフは、ロープにおなかをしめつけられて、文句たらたらでしたが、しまいにはわめきながら地面を引きずられていきました。それでもほかのふたりは、走るのをやめません。ところが、一本の木の両側をべつべつに走っていったため、ロープが木にからまりました。ふたりははちあわせをして、やっと止まったのでした。

「ちくしょう、こんなロープは、早くはずせよ」

ムーミントロールは怒(おこ)りました。

「きみ、わるいことばを使ったな」

スニフがいうと、ムーミントロールはどなりかえしました。

「それがどうした。悲鳴をあげてるのは、スノークのおじょうさんなんだぞ！　ぼくはちゃんとわかるんだからな」

「まあまあ、ふたりとも落ちつけよ」

スナフキンはナイフを出して、ロープを切りました。

ムーミントロールはロープをはずすと、短い足ながらせいいっぱいの速さでかけだしました。しばらく走ると、おそろしさでまっ青になっているスノークと出会いました。スノークは、大声を出しました。

「妹が、たいへんな植物に食われてるんだ！」

そのとおりでした。

おそろしい食肉植物のアンゴスツーラの一種が、スノークのおじょうさんのしっぽをつかまえて、動く手でゆっくりとたぐりよせているところでした。いうまでもなく、彼女はおそろしさのあまり、紫色に変わって、死にものぐるいでわめいていました。――スノークの女の子にも、こんな声が出せるのかと思われるほどの大きさです。

「今行くよ、すぐ行くからね！」

と、ムーミントロールはさけびました。

「これを持っていけよ、きっと役立つぜ。そしてな、あいつを怒らせるんだ。アンゴスツーラは、すぐにカッとなるから」

こういってスナフキンが、ナイフをわたしました。せんぬきとねじ回しのついたナイフでした。

「やい、この台所ブラシめ！」

ムーミントロールがどなりましたが、アンゴスツーラはへっちゃらでした。

「ひょっとこやろう、おいぼれネズミのしっぽ。おまえは、死んだブタの昼寝の夢みたいなやつだな！」

すると、アンゴスツーラは緑色の目をいっせいにムーミントロールのほうへ向けて、スノークのおじょうさんをはなしました。長い手が一本、ヘビのようにのびてきて、ムーミントロールの鼻先をうねうね回りました。

「がんばれ！」

と、スナフキンが声を張りあげました。

「シラミのさなぎめ！」

そうさけぶと同時に、ムーミントロールは目にもとまらぬ早わざで、アンゴスツーラの手を切り落としました。

見守っていたみんなから、歓声があがりました。

ムーミントロールは、しっぽをいさましくふりたてて、ひらりひらりと飛びはねながら、ときどきアンゴスツーラに切りかかっては、つぎからつぎへと、にくまれ口をあびせかけました。

「すごいなあ！　あんなにたくさん、悪口をいえるなんて」

スニフは感心した口ぶりでした。

決闘ははげしくなるばかりです。アンゴスツーラは興奮でふるえ、ムーミントロールはいかりと緊張で、顔をまっ赤にしていました。しまいには、手足としっぽをぶるんぶるんふり回しているのが、見えるだけになりました。

スノークのおじょうさんが大きな石をつかんで、アンゴスツーラに投げつけました。ところが、投げ方がへただったため、ムーミントロールのおなかへぶつけてしまったのです。

「あらっ、たいへん。わたし、あの人を殺してしまったわ！」

おじょうさんは、悲鳴をあげました。

「女の子って、これだからねえ」

スニフがいいました。

ところがムーミントロールはいっそう元気づいて、戦いをリードしつづけたのです。とうとう、アンゴスツーラは切りかぶだけになってしまいました（ごく短いうでは、そのままにしておきましたけれど）。それからナイフを折りたたんで、いいました。

「これでよし、と」

「まあ、あなたって勇敢ね」

スノークのおじょうさんがささやきました。

「なに、これぐらいのことは毎日やってるよ」

ムーミントロールは、さらりと返しました。

「なにいってるんだよ。ぼく、一回も見……」

そこまでいったとき、スニフは悲鳴をあげました。スナフキンに、向こうずねをけとばされたからです。

「なにごと！」

スノークのおじょうさんは、大声を出して飛び上がりました。まだいくらか、気が立っていましたからね。

「こわがらなくていいよ。ぼくが守ってあげるから。さあ、いいものをあげよう」

こういってムーミントロールは、金の足輪をさしだしたのでした。

「まあ！」

スノークのおじょうさんはあんまりよろこんだので、体がすっかり黄色くなりました。

「わたし、これをずっと探してたのよ。ほんとに、うれしいわ」

彼女は、すぐにそれをつけると、体をくねらせたり、頭を回したりして、自分がどれぐらいすてきになったかを見ようとしました。

「妹は、ずっとその輪っかのことをぐちってってさ。ぼくが彗星のことを話そうとしても、自分の足輪のことしか頭にないんだ。ところできみたちは、あの彗星に興味があるかい」

「うん、あるとも」

スナフキンの答えに、スノークはほっとしていいました。

「そりゃよかった。今すぐ、会議を開くことにしよう、すわれよ」

みんな、腰を下ろしました。

「ぼくが議長と書記になる。ほかにやりたい人はいる？」

スノークが呼びかけましたが、だれもいなかったので、スノークはコツコツコツと三回、えんぴつで地面をたたきました。

「アリでもいたの？」

妹が聞きました。

「こらっ、会議のじゃまをするな。われわれがわかっていることは、なにか？　そう、あの彗星が、八月七日金曜日の午後八時四十二分に地球にぶつかることだ。四秒おくれるかもしれないが」

「アリかあ――」

ムーミントロールは、うわの空です。彼(かれ)は、スノークのおじょうさんの前髪(まえがみ)を見つめていました。ムーミンママには前髪がないので、見たことがなかったのです。

「どうしていつも、ぼくのいうことをだれも聞いてくれないんだろう」

スノークは、こまったようすです。

「わかんないけど、いつもこうなの？」

スニフが聞くと、スナフキンが注意しました。

「みんな、スノークくんのいうことを、ちゃんと聞こう。彼は、ぼくたちが助かる方法がないか、みんなで考えようというんだぜ」

しかし、ムーミントロールは口をはさみました。

「ぼくたちは、家へ帰るんだ。みんないっしょに来るんだろ」

「その問題は、つぎの会議で取りあげる」

と、スノークは答えました。

でもそのとき、スノークのおじょうさんがたずねました。

「どこに住んでるの？」

「ぼくは、すごくきれいな谷に、パパとママとくらしてるのさ。家はパパが自分で建てたんだよ。青い家でね。家を出発するちょっとまえに、ぼくは庭にぶらんこを作ったよ。きみのためにね……」

ムーミントロールが話しはじめると、スニフがちゃかしました。

「あんなこと、いってらあ。今はじめて、出会ったのに。そんなことより、ぼくのどうくつの話をしろよ。いいかい、スノークのおじょうさん。ぼくは『ね』ではじまって『こ』でおわる、とってもおきのものを持っているんだ。ものすごく、ぼくになついてるんだよ！」

「横道にそれないでくれたまえ」

スノークは注意して、もう一度えんぴつで地面をコツコツたたきました。

「第一の問題は、彗星が来るまでにわれわれがそこへたどりつけるか、ということ。第二は、そこへ行けば、ほかの場所よりも助かる見こみが大きいか、ということだね」

「今までは、うまくいったよ」

スニフがいうと、

「ママがきっと、どうにかしてくれるさ。ぼくたちのすてきなどうくつだって、見せてあげるよ」

と、ムーミントロールが口出ししました。

「ぼくのどうくつだい」

スニフが訂正（ていせい）したのですが、ムーミントロールは話をつづけました。

「それにね。どうくつの中には、ぼくが海から取ってきた真珠（しんじゅ）がたくさん置いてあるんだぜ」

スノークのおじょうさんが、大声をあげました。

「真珠ですって！　それで足輪を作れるかしら？」

「作れるか、だって？　鼻輪でもイヤリングでも、ベルトでもティアラでも、作れるさ」

「そういうのは、あとにしてくれ。いったいきみたちは、助かりたいのか、助かりたくないのか！」

スノークはやっきになって、えんぴつでガンガンと、地面をたたきました。

「兄さんったら、またえんぴつのしんを折ってしまったわ。わたしたち、そのどうくつの中にいれば、助かるわよ。夕ごはんを食べたい人はいない？」

こう、スノークのおじょうさんがたずねました。

「そうだった。ぼくたちのどうくつの中にいれば、助かるに決まってるんだ。きみは、なんてかしこいんだろ」

と、ムーミントロール。

「ぼくのどうくつだよ！　入り口に石をつんで、天井の穴もぜんぶふさいで、それから食べものをたくさんとランプを持っていってさ。わくわくするね！」

スニフがさわぎました。

「いずれにしても、また会議を開く必要があるな。仕事の分担なんか、考えよう」

スノークが口をはさみました。

「そうよ。兄さんは、また会議を開けるわ。だけど、今はたきぎが必要なの。それから、スープを作るお水。それから、テーブルにかざる花も」

「なに色の花がいい？」

ムーミントロールが聞きました。

スノークのおじょうさんは、自分の体を見ました。今もやはり黄色です。

「紫色がいいわ。紫色の花が、わたしにいちばんにあうと思うの」

ムーミントロールは、森へ向かってかけだしました。スノークとスニフは、たきぎと水を取りに出かけました。スナフキンは、パイプに火をつけ、あお向けに寝ころんで、赤い空を見上げました。

「どうくつへ行くのも、わるくないね。きみは、彗星がこわいかい」

と、スナフキンがいいました。

「いいえ。あんなもの見てもしょうがないし、ほかのことを考えるようにしてるのよ」

スノークのおじょうさんは、答えました。

スニフは、スープの水を見つけられませんでした。沼をのぞきこんでみましたが、底に少しどろが残っているだけで、かわいそうに、スイレンはぜんぶ枯れてしまっていました。とうとう、しょんぼりと耳をたらして帰ってきました。

「世界中の水が、なくなっちゃったんだと思うね。魚たちは、なんていってるかな。今は、ジュースしかないよ」

「だったら、ジューススープを作りましょう。問題は解決ね」

「ちっとも、解決してないさ」

兄のスノークが、反対しました。

「水がなくなったのには、原因があるにちがいない……」

スノークは、自分が集めてきたたきぎのそばに、すわりこみました。たきぎは、ぜんぶ同じ長さでした。どれも、きち

んとはかって集めてきたのです。

「これにはなにか、原因が……」

　スノークが心配そうにくりかえしたので、スナフキンが口をはさみました。

「ぼくは、彗星のせいだと思うね」

　みんな、空を見上げました。日が暮れかかって、夕空は赤黒く見えました。木の枝の間に、星に似た赤い火花のようなものが光っています。でもそれは、ふつうの星ではありません。ちかちかとまたたきもしませんし、きらきらと輝きもしません。燃えているのです。それに、ちっとも動きません。しっぽがま後ろについているのですからね。

「彗星は、あそこだね」

スノークがしめすと、スノークのおじょうさんの顔が、ゆっくりと緑色に変わりました。

ムーミントロールが、スミレの花束を持って、かけもどってきました。集められるだけ、集めてきたのです。

スノークのおじょうさんは、花束を見ました。

「わたしが、黄色だったらよかったのに、このとおり、緑色になってしまったのよ」

「ぼく、べつの花を取ってこようか」

と、ムーミントロールが聞きました。

「いいの。でも、あの彗星が見えないように、なにかでかくしておいてね。そうでないとわたし、スープを作れないわ」

こう、おじょうさんがいうので、ムーミントロールは彗星の見える位置に毛布をつるしました。それでスノークのおじょうさんはすっかり落ちついて、小さななべにひとにぎりの豆を入れ、ジュースープを作ったのでした。それからライ麦のクラッカーをみんなにくばりました。スノークたちが持っているのは、それだけだったのです。

夕ごはんがすむと、みんなはスノークのおじょうさんが編んだ、草のマットレスの上で眠りました。たき火はゆっくりと消えていき、夜が来ました。

けれども、すっかり寝静まった森の上には、彗星が光っていました。めらめら燃えて、ぶきみに輝きながら――。

6章

　あくる日　みんなはムーミン谷をまっすぐにめざして、森の中を一日中歩きました。スナフキンは、少しでもみんなを元気づけようと、ハーモニカを吹きました。夕方の五時ごろ、大きな立てふだの立っている、小さな道に出ました。

「この先　野外ダンス場！　売店あり」

　立てふだには、こう書いてありました。

「まあ！　わたしダンスしたいわ」

　スノークのおじょうさんはそうさけんで、手をたたきました。

「地球がほろびるというのに、ダンスなんかしてるひまがあるかい」

　スノークはいいました。

「でも、ダンスするんだったら、今のうちにしなくちゃ。ねえ、兄さん！　地球がほろびるまでには、まだ二日あるのよ」

「売店へ行けば、たぶん、レモネードが買えるよ」

スニフが思いつきました。

「そしておそらく、この道はぼくらの行くほうへ、つづいてる」

ムーミントロールがつけくわえました。

「見るだけにすればいいさ。そばを通るついでに……」

スナフキンもいいました。

スノークはため息をつきました。そしてみんなは、小さな道のほうへまがりました。くねくねしている、たのしい道でした。あちこちカーブしたり、とぎれとぎれになったり、ふざけてもつれあっていることもありました。こんな道ならいくら歩いてもつかれません。まっすぐで退屈な道を歩くより、足が速く進むようです。

「まるで、ムーミン谷へ帰ったような気がするな」

ムーミントロールが口を開きました。

「その谷のこと、少し聞かせて」

スノークのおじょうさんがたのむと、ムーミントロールが話しはじめました。

「どこでも、すっかり安心していられる谷なんだよ、あそこは。目をさますときはうれしいし、夜寝るのもたのしいのさ。木登りするのによい木があって、そこに家を建てようと思ってるんだ。きみには見せてあげるけど、とっておきのひみつの場所だってあるんだよ。ママは花壇のまわりぜんぶに貝がらをならべたし、ベランダには、いつも日があたっててさ。あそこは、よいにおいがするよ。それから、ぼくたちの橋もあるんだよ。パパがこしらえたんだ。手おし車だって通れるほど、大きな橋さ。ぼく、海も見つけたよ。そのへんはぼくたちの海で……」

「ムーミントロールは、自分の行ったこともないよその土地が、どんなにすてきかってことばっかり、まえに話してたじゃないか」

スニフがつっかかると、

「そうさ、まえはね」

と、ムーミントロールは答えました。

道がまた大きくカーブし、その先に売店がありました。それも、とてもいい売店なのです。まわりには、ありとあらゆる花がきれいにならんで咲いていて、銀色の玉がついた台がありました。その玉には、鏡のように森がすっかりうつっていますし、建物は白くて、屋根の上に草が生えているのでした。洗剤・リコリスグミ・高級サンオイルという看板が出ていましたので、この店で雑貨やお菓子や化粧品を買えることがわかりました。

ムーミントロールが階段(かいだん)を上っていってドアを開けると、中で小さなベルが鳴りました。みんな、売店へ入っていきましたが、スノークのおじょうさんだけは外に残り、銀色の玉に自分のすがたをうつして見ていました。

カウンターの奥(おく)には、きらきらしてネズミのような小さい目をした、白髪(しらが)のおばあさんが、すわっていました。

「おやまあ、小さい子どもたちがおおぜい来たよ。みんな、なにがほしいのかい」

「レモネードをおくれよ。赤いのがいいな」

スニフが注文しました。

「横線か、ます目のついてるノートはありますか」

スノークがたずねました。彗星(すいせい)の衝突(しょうとつ)にそなえてできることを、すっかり書きとめておくつもりなのです。

「あるとも。青いノートがいいかね？」

おばあさんは答えました。

「ほかの色がいいな。青いノートは、スノークの小さい子どもしか使わないのでね」

「ぼくは、あたらしいズボンが、一つあったらいいんだけど。あたらしすぎちゃ、だめなんです。でないと、ぼくの形になじまなくて、落ちつけないんで」

スナフキンはいいました。

「ああ、それなら」

おばあさんははしごを上り、屋根裏(やねうら)からズボンを一本、引っぱり下ろしました。

スナフキンは、心配そうに聞きました。

「それは、すごくあたらしそうだね。もっと古いのはありませんか」

「ここにある中で、これがいちばん古いズボンなんだよ」

おばあさんはそう説明してから、

「それに明日になれば、一日古くなるわけさ」

とつけくわえて、めがね越しにスナフキンの顔をじろじろ見ました。

「そうですね。向こうのすみっこへ行って、はいてみます。だけどこれは、ぼくにあうかなあ」

こういって彼は、庭へ出ていきました。

スノークはすわって、緑色のあたらしいノートに、なにか書いていました。

「ところで、ちっちゃなトロールちゃんは、なにがほしいの？」

おばあさんがたずねました。

「ティアラだい」

ムーミントロールが大まじめな顔で答えたので、おばあさんはびっくりしました。

「ティアラだって！　あんた、それをどうするの？」

「この子はね、それをスノークのおじょうさんにやるのさ。あの女の子に会ってから、ほんとにばかになっちゃったんだ」

ゆかの上で、ストローを使って赤いレモネードを飲みながら、スニフが大きな声を出しました。

「女の子に宝石をあげるのは、ちっともばかなことじゃないよ。あんたはまだ小さくてわからないけど、女の子にプレゼントするのなら、宝石がいちばんいいんだよ」

その小さなおばあさんは、話して聞かせました。

「ふうん、そういうものなの」

スニフは首をすくめて、レモネードのびんに鼻先をかくしました。

おばあさんは、たなをぜんぶ上から下まで見ましたが、ティアラはどこにもありません。

「このカウンターの下は？」

ムーミントロールにいわれて、おばあさんはのぞきこみました。

「いや、ここにもない。わたしがティアラを一つも置いてないなんてねえ。スノーク用の手ぶくろじゃだめかしら？」

「ぼく、よくわからないや」

おばあさんはいたたまれないようすで、ムーミントロールはとてもかなしそうな顔をしましたっけ。そのとき、ドアのベルが鳴って、スノークのおじょうさんがお店の中へ入ってきました。

「こんばんは。おばさまは、お庭にすごくいい鏡をお持ちなのね。わたし、自分の鏡を落としてしまってから、水たまりにすがたをうつすしかないのだけれど、水たまりじゃ、少し顔がへんに見えるのよねえ」

おばあさんは、ムーミントロールに目くばせすると、たなの上からなにかを取って、すばやく彼の手ににぎらせました。それは、小さなまるい鏡でした。銀のふちがついていて、裏側にはルビーでできた赤いバラの花があしらわれています。ムーミントロールはおばあさんの顔を見て、笑いました。

スノークのおじょうさんは、なんにも気がつかないで、たずねました。

「おばさま、メダルも置いてる?」

「なんだって?」

おばあさんは、聞きかえしました。

「メダル、よ。男の人が首からかけたがる、きれいな星みたいなのがいいんだけど」

「ああ、そう、メダルね」

おばあさんは上から下までたなを探し、カウンターの下や、店中のすべての場所を見ました。

「一つもないの？」

スノークのおじょうさんは、目に涙を浮かべました。

おばあさんも、つらそうな顔をしていましたが、やがて、いいことを思いついたのです。おばあさんははしごを上って、いちばん上のたなへ行くと、クリスマスツリーのかざりが入った箱を引っぱり出し、ツリーのてっぺんにのせる大きくてきれいな星を、大事そうにつまみ上げました。

「ほらね。わたしゃ、ちゃんとメダルを持っていたわけだよ！」

「まあ、きれいだこと」

スノークのおじょうさんはそうつぶやいてから、ムーミントロールに向かっていいました。

「これ、あなたにあげるわ。あのわるい植物か

ら、わたしを助けだしてくれたんですもの」

ムーミントロールは胸がいっぱいになって、口がきけません。ひざをついて、首にメダルをかけてもらいました。メダルは、最高に美しく輝きました。

「あなたのすがたがどんなに立派だか、自分で見られたらねえ」

スノークのおじょうさんがつぶやきました。

そこでムーミントロールは、背中にかくしていた鏡をさしだしました。

「これをきみにあげるよ。ぼくのすがたを、うつしてよ」

ふたりが鏡でうつしあいっこしている最中に、ドアのベルが鳴って、スナフキンが入ってきました。

「このズボンはやっぱり、ここでもっと古くしたほうがいいと思います。ぼくにはぴったりこなかったので」

「それは残念だこと。でも、ぼうしはあたらしいのがいるでしょ」

スナフキンは緑色の古ぼうしをいっそう深くかぶり、おびえたようにおばあさんにいいました。

「ありがとう。でも、今も考えたんだけど、持ち物をふやすというのは、ほんとにおそろしいことですね」

スノークは、ずっとすわりこんだまま、あのノートになにか書いていていましたが、とつぜん立ち上がりました。

「彗星（すいせい）が来るというのに、売店でぐずぐずしている場合じゃない。スニフ、レモネードをさっさと飲んでしまえよ」

スニフは、ぐいぐいと一気にびんをあけたので、むせてしまったのはいうまでもありません。気持ちのわるい音がしたかと思うと、じゅうたんの上へすっかりはいてしまいました。

「ぼく、げろをはいちゃったじゃないか」

と、スニフはとがめるようにいいました。

「まったく、いつもこうなんです」

ムーミントロールは説明してから、声をかけました。

「そろそろ、出かけようよ」

「ぜんぶでいくらですか」

と、スノークが聞きました。

小さなおばあさんは計算しはじめました。その間にムーミントロールは、はっと思いあたりました。お金を持っていなかったのです。まゆ毛をぴくぴく動かして、ほかのみんなにたずねましたが、だれもお金を持ってないということが、顔つきでわかりました。

さあ、どうしたものでしょう!

「ノートが四十ペンニ、レモネードが三十四ペンニ。メダルが三マルッカだし、鏡は五マルッカだよ。裏にルビーがついているからね。みんなで八マルッカ七十四ペンニだね」

おばあさんはいいました。

みんな、無言でした。スノークのおじょうさんは、大きくため息をついて、鏡をカウンターの上へ置きました。ムーミントロールは、メダルのひもをほどきはじめました。スニフは、レモネードでびしょぬれになったじゅうたんをじっと見つめました。スノークは、自分が書いてしまったノートはそれだけ値打ちが上がったのか、それとも下がったのかと、ひとりで思案しました。

おばあさんは、めがね越しにみんなのようすを見ました。

「ねえ、子どもたち。スナフキンがいらないといった古ズボンがあるわけだろ。あれはちょうど八マルッカだよ。両方で帳消しになるから、あんたたちはお金をはらわなくていいんだよ」

「そうなるのかな？」

ムーミントロールはとまどいましたが、おばあさんは答えました。

「そうですとも。わたしゃ、ズボンをもらっておくんだからね」

スノークは暗算しようとしましたが、うまくいきませんでした。それで、つぎのようにノートに書いてみました。

ノート	40ペンニ
レモネード（もどした）	34ペンニ
メダル	3マルッカ
鏡（ルビーつき）	5マルッカ
合　計	8マルッカ74ペンニ
ズボン	8マルッカ

8マルッカと8マルッカは帳消しで、
残り74ペンニ

「うん、あってるなあ」

スノークはびっくりしました。

「だけど七十四ペンニたりないよ。それはどうするの？」

スニフが口をはさみました。

「こまかいことをいうなよ。そのぐらいのちがいなら、ぼくたちの計算では、あってるというんだ」

スナフキンはいいかえしました。

みんなは、小さなおばあさんにおじぎをしました。スノークのおじょうさんは、深くひざをまげて、あいさつしたんです。ドアのところで、彼女はたずねました。

「野外ダンス場は、遠いんですか」

「いや、すぐそこさ。でも、ダンスがはじまるのは、月がのぼってからだよ」

おばあさんは、そう答えました。

森の奥へ来たとき、ムーミントロールが足を止めていいました。

「あの草の生えた屋根も、あんまりじょうぶに見えなかったね。あのおばあさんもいっしょに来て、ぼくたちのどうくつへかくれたらいいのに」

「ぼくのどうくつへ、[illegible]聞きに行ってこようか」

スニフがいいました。

「そうしなよ」

と、スナフキン。スニフは走っていきました。

みんなはまがり角にすわって、待つことにしました。

「あなた、なんとかっていう、あのあたらしいダンスをおどれる？」

スノークのおじょうさんが、ムーミントロールにたずねました。

「いや、おどれないよ。ぼくはワルツが好きなんだ」

「ダンスしてるひまなんかないぞ。空を見てみろ」

スノークがいったので、みんなは空を見上げました（おじょうさんは見ませんでしたが）。

「ぐんぐん大きくなってきてるなあ。昨日はアリのたまごくらいだったのに。今日は、オレンジくらいもある。もう……」

スナフキンがいいかけたとき、スノークのおじょうさんが、それをさえぎりました。

「タンゴならおどれるでしょ？　横へ一歩、後ろへ二歩よ」

「それなら、かんたんそうだね」

ムーミントロールは、あいづちを打ちました。

「ばかなやつだな。いつでも、横道にそれてばかりいて」

スノークのことばに、おじょうさんは文句をいいました。

「わたしたちは、ダンスのお話をはじめたのよ。そしたら兄さんが急に彗星のことをいいだしたんだわ。わたしは、ダンスのお話をつづけているのよ」

ふたりの体の色が、ゆっくりと変わりはじめました。ちょうどそのとき、スニフがいそいで帰ってきました。

「おばあさんは行かないって。地下のジャム倉庫へにげこむんだって。だけどとってもよろこんで、ぼくたちに棒つきキャンデーをくれたよ」

「きみが、ねだったんじゃないだろうな」

ムーミントロールがたしかめると、スニフが怒りました。

「ぜったい、そんなことあるもんか。おばあさんは、ぼくたちに七十四ペンニかりがあるから、これをあげる、といったんだ。だからぼくは、そのとおりだね、といっただけさ！」

ふたたびみんなは、歩きつづけました。道はくねりつづ[illegible]います。暗い太陽が、木々の間に沈み、地平線の下へ眠りに行ってしまう[illegible]月がのぼりましたが、やけに緑が[illegible]た色をして、ぼんやりと見えま[illegible]

彗星だけが、ますます強く光っています。満月くらいの大きさとなり、森中を赤くあやしく照らしていました。

野外ダンス場は、小さなあき地にありました。ツチボタルを集めた光のリースでかざりつけられ、大きなバッタが一ぴき、森の片すみでバイオリンの調子をあわせていました。

あき地にはおおぜいの人がいて、ダンスがはじまるのを待っています。小さな水の精たちも、かわいてしまった沼や森の湖から、出てきていました。ダンス場には小さなはい虫たちがむらがっており、白樺の木の下には木の精がたくさんいて、ぺちゃくちゃおしゃべりしていました（木の精というのは、美しい髪の小さな女の人で、幹の中に住んでいるんですが、夜には外へ出てきて、葉っぱをゆすります。松や杉など葉が針のような木には、いないのがふつうです）。

スノークのおじょうさんは、鏡を取り出して前髪をとかし、耳の後ろの花がちゃんとついてるかどうか、たしかめました。ムーミントロールはメダルをまっすぐにしました。ふたりとも、こんなに大がかりな舞踏会に来たのは、はじめてなのです。

「ぼくがハーモニカを吹いたら、あのバッタが気をわるくするかねえ」

スナフキンが、そっと聞きました。

「ふたりでやれよ。あの『すべてちっちゃな生きものは、しっぽにリボンをむすんでる』と

Tove

いう歌を、あいつに教えてやったらいい」

こう、スノークが答えました。

「そいつはいいね」

スナフキンはバッタを木かげへ引っぱっていって、メロディを教えました。

しばらくすると、小さな音が聞こえてきました。はじめは、とぎれとぎれでしたが、やがてつながるようになり、ふるわせた音や小さな歌声もまじりました。

小さなはい虫も、木の精も水の精も、おしゃべりをやめて、音楽を聞きに原っぱへ出てきました。口々にこういっています。

「いい音楽ね。あれでダンスしたら、きっとすてきだわ」

小さなはい虫の子どもが、ムーミントロールを指さしました。

「ママ、あそこにえらい人が来てるよ」

家族みんながやってきて、ムーミントロールのメダルを、感心してながめました。そして、

「きれいな前髪をしてるんだね、あんたは」

と、スノークのおじょうさんに向かって、いいました。

木の精たちは、裏側にルビーのバラがついている鏡で、かわるがわるすがたをうつして見ていますし、水の精たちは、スノークのノートに水でサインを書きました。

　そのとき、木かげから「すべてちっちゃな生きものは、しっぽにリボンをむすんでる」の歌が聞こえたのです。一つも音をはずさないで、力のかぎり演奏しながら、スナフキンとバッタがあらわれました。

　みんなが、ダンスの相手を見つけようとして、ちょっとしたさわぎになりました。でもしばらくするとめいめい相手を見つけて、ダンス場でおどり回っていました。

「あなたって、ほんとにダンスがじょうずね。これ、なんていうダンスなの？」

　スノークのおじょうさんが聞くと、ムーミントロールは答えました。

「ぼくのダンスさ。たった今、ひらめいたんだ」

　スノークは髪に水草をかざった沼のおくさんを、ダンスの相手にえらんでいましたが、調子をあわせ

るのに少しだけ苦労しました。スニフはいちばん小さなはい虫とおどり回っていて、自分をすごく大きく感じていました。そのはい虫が、スニフに敬意を持っているのがよくわかりました。もっと小さな羽虫たちは、それぞれの場所でおどっています。

森中のすみっこから、あたらしいお客さんたちがダンスを見に、ちょこちょこと走ってきたり、のそのそとはってきたり、ぴょんぴょんとはねてきたりしました。黒い夜空をひとりで燃えながら飛んでいる彗星のことなど、考えるものはいませんでした。

十二時ごろに、りんご酒の大きなたるが転がされてきて、白樺の木の皮で作った小さなコップが、ひとりひとりにくばられました。

ツチボタルたちは、ダンス場のまん中に置かれた玉の中へもぐりこみ、そのまわりでみんなはサンドイッチを食べたり、りんご酒を飲んだりしました。

「これから、みんなで話でもしようよ。そこの小さなはい虫ちゃん、なにかお話ができるかい？」

スニフがたずねると、そのはい虫は、大あわてにあわてました。

「あら、だめよ……。でも一つだけなら……」

「じゃ、それを話してよ」

「ピンプという名まえの、森のネズミがいました」

そのはい虫はもごもごいうと、はずかしそうに両手で顔をかくしました。

「うん、それで？」

「お話はこれでおしまいなの」

はい虫はつぶやくようにいうと、コケの中へもぐりこんで、かくれてしまいました。みんなはおなかを抱えて笑い、水の精たちは、しっぽでたいこをたたきました。

「みんなが口笛であわせられるものを、なにか吹いてよ」

と、ムーミントロールが声をあげました。

「それじゃ、『こまったこまった』の歌を吹こうか」

スナフキンがひらめきました。

「だけど、あれはかなしすぎるわ」

スノークのおじょうさんは反対しましたが、

「いいから、吹いてよ。あれは口笛にぴったりだからね」

と、ムーミントロールはいったのです。

スナフキンがハーモニカを鳴らし、ムーミントロールは口笛を吹きました。くりかえしのところでは、みんなで歌いました。

こまった　こまった
つめたい夜が来る
気づけば　五時になる
ひとりでふらり　さまよって
つかれた足を　引きずって
けれども　家は見つからない

　スノークのおじょうさんが、ため息をつきました。

「わたし、ゆううつになっちゃったわ。わたしたちも、この歌とそっくりなんですもの。みんな、つかれた足を引きずって、おうちは見つからないんだわ」

「足がつかれたのは、ダンスをしすぎたからさ」

　こういってスノークは、コップのなかみを飲み干しました。

「家は、きっと見つかるよ。ゆううつになんか、ならないで。ぼくたちが帰ったら、ママはごちそうを作って待ってるんだ。『まあっ、よくがんばったわね』って、ママがいうから、ぼくたちも『ママに見せたかったことが山ほどあるよ』って答えるのさ」

　ムーミントロールが声を張りあげました。

「そして、わたしは真珠の足輪をもらうのね。あなたには真珠でネクタイピンを作ってあげるわ」

スノークのおじょうさんが、そっと話しかけました。

「うん。ぼく、今はめったに、ネクタイをしないけどね」

ムーミントロールが答えると、スニフがいいました。

「ぼくの宝物の首にだって、真珠をつけてやるんだ。ぼくのひみつの宝物は、上が『ね』で下が『こ』、そしてどこへでもついてくるのさ！　ぼくがいないから、ずっとさびしがってるだろうなあ……」

「それ、ネコだろう？」

スノークが口をはさむと、スニフはどなりました。

「教えないよ！　きみも考えちゃだめだって！」

スナフキンが、眠くなるような子もり歌やおわりの歌をつぎつぎ吹きました。小さなはい虫たちや水の精たちは、ぞろぞろと森の奥へ帰っていきます。木の精たちもいなくなり、スノークのおじょうさんは鏡を手に持ったまま、眠ってしまいました。

やがてハーモニカの音もやんで、草むらはしんと静まりかえりました。ツチボタルたちも光を消しました。

ゆっくりゆっくりと朝が近づいてくるのでした。

7章

八月五日。もはや一羽の鳥も歌わなくなっていました。太陽はぼんやりかすんで、見えないくらいです。けれども森の上には、火のついた車輪のような彗星がどっしりいすわっているのでした。

スナフキンは、ハーモニカを吹く気になれませんでした。彼は、ひとりで考えこみながら歩いています。ほかのみんなも、だまっていました。スニフだけが、頭がいたいといってときどきぐずりました。

ものすごい暑さでした。

しばらくすると森が開けて、遠くまで砂丘のつづく荒れはてた風景が、目の前にあらわれました。やわらかい砂の丘がどこまでも広がり、あちこちに浜むぎのたばが転がっています。

ムーミントロールは立ち止まって、あたりのにおいをかぎました。

「海のにおいが、ちっともしないや。いやなにおいだな……」

「これはきっと、砂漠だ。ここで、ぼくらの足は干からびた骨になって、みんな行方不明になっちゃうんだよ。ぼく、頭がいたい」

スニフが顔をくもらせました。

砂で足が重いのですが、一つ丘を登っては、つぎの丘を下って、みんなは歩きつづけました。

「見ろ。あそこを、ニョロニョロが歩いていくぞ」

スノークが声をあげました。

砂丘の向こうに、ニョロニョロが長い列を作って、動いています。ニョロニョロたちは、地平線をじっとにらんだまま、たえまなく手足をゆり動かしていました。

「あいつらは、東へ歩いてるんだ。あとをついていくのが、いちばんたしかだろうね。ニョロニョロたちは、本能で感じるんだから」

と、スノークがいいました。

「だけど、ぼくたちの家は西にあるんだよ。パパとママは西のほうに住んでるんだぜ」

ムーミントロールはこういって、まっすぐムーミン谷をめざして歩いていきました。

「ぼく、のどがからからになっちゃったよう」

スニフが訴えましたが、だれひとり返事をしません。

砂丘はさらに、つづいていました。地面は海草におおわれ、それが彗星の赤い光に照らされています。小石や貝がらもありました。木の皮や枝やコルクも転がっていました。つまり、海岸で見かけるものが、なんでもあるのです。でも、海がありません。

みんなはならんで立ったまま、目を見張るばかりでした。ここには海があって、青くやわらかな波がおしよせ、沖にカモメが飛んでいるのが本当なのに、深い穴がぱっくりと口を開けているだけなのです。まわりには湯気が立っていて、底からはぶくぶくとあわが出ており、くさったようないやなにおいがします。足元には砂浜がつづいて、緑色のぬるぬるした崖へ下っていました。

「海がないわ。どうしてなくなっちゃったのかしら」

弱々しい声で、スノークのおじょうさんがいいました。

「わからないな」

ムーミントロールは口ごもりました。

「魚じゃなくてよかったよね」

スニフが、無理におどけてみせました。

けれどもスナフキンは両手で頭を抱え、こうさけんだのです。

「あの美しい海が……どこにもない。船遊びも、水泳も、魚つりも、もうできない。大嵐も、すきとおった氷もない。月がすがたをうつすこともないし、この砂浜に、もう波は打ちよせないんだ。浜辺が浜辺じゃなくなった。なにもかも変わってしまったんだ」

ムーミントロールが、スナフキンのそばに腰かけていいました。

「きっとまた、もどってくるよ。彗星が行ってしまったら、みんな帰ってくるよ。そう思わない？」

でもスナフキンは、返事をしませんでした。

スノークが、だしぬけに聞きました。

「ここを、どうやって越えるんだ？　あ

と二日しかないんだ。どうくつへ行くのに、回り道する時間はないぞ」

だれも、なんにも話しませんでした。スノークがつづけます。

「会議を開かなくちゃ。ぼくが、議長と書記になるよ。なにか、案はありますか?」

「飛ぶ」

と、スニフが答えました。

「歩く」

ムーミントロールもつぶやきました。

「ばかなことばかりいうな。ふざけてるひまはないんだぞ。そんな意見は、満場一致で却下する。はい、つぎ」

「自分の案をいってみろよ!」

ムーミントロールが怒りだしました。

「どうしようもないじゃないか。彗星がやってきたら、ぼくたちはみんな、ぐちゃぐちゃにつぶれちゃうって、そのくだらないノートに書いとけよ。スナフキンでさえ、どうにもならないって思ってるくらいなんだぞ!」

みんな、だまりこくってしまいました。

そのとき、スナフキンが立ち上がって、いったのです。

「竹馬で行こう。それなら、きっと間にあうよ」

「そうだ！　いい思いつきだ、竹馬だ！　いそげ！　早く竹馬にできるものを見つけなくちゃ。ぼくたちは助かるんだ。家へ帰れるんだ」

ムーミントロールは、どなりました。みんな、竹馬になるものを探(さが)しにかけだしました。海岸ほど、そういうものが見つかる場所はありません。

ムーミントロールは二つに折れた、西の航路(こうろ)の標識(ひょうしき)を発見しました。スノークのおじょうさんは、ほうきの柄(え)と船のオールを見つけました。スナフキンは、つりざおとはたざおを、スニフはつる草の支柱(しちゅう)と、こわれたはしごを見つけました。ところがスノークは、わざわざ森までもどって、きっちり同じ長さの細いもみの木を二本、持ってきたのでした。

それからみんな集まって、竹馬で歩く練習をしました。スナフキンが、前へ進んだり後ろへ下がったりして、みんなに歩き方を見せてから、声を張(は)りあげました。

「大またに歩くんだ。あわてずに、落ちついて。頭で考えないで感覚をつかんで！　下は見るな。下を向くとバランスをくずすぞ」

「ぼく、めまいがする。げろが出ちゃう！」

わめくスニフにスナフキンがいいました。

「よく聞けよ、スニフ。海の底には、宝箱(たからばこ)が沈(しず)んでいるかもしれないぞ」

それを聞くと、スニフの気分のわるさは、たちまちふっ飛びました。

スノークのおじょうさんが、大声を出しました。

「見て！　わたし、じょうずでしょ。ほら。きっと考えたりせずに、感じているからよね！」

「そんなこと、わかってるさ」

兄さんのスノークはいいました。

こうして一時間くらいすると、スナフキンが切り出しました。

「もう、みんなうまく歩けるようになったね。それじゃ、出発しよう」

「まだ、だめだよ。ぼく、もうちょっと練習しないと」

スニフはそうたのみながら、ちらりと海底を見下ろしました。

「もう時間がない。みんないいか、ぬかるみや割れ目に気をつけろよ。ぼくに、ついてこい」

スナフキンは呼びかけました。

ひとりずつ竹馬をにぎりしめながら、赤い夕もやの中を下っていきました——。海草に足をとられたり、すべったり、湯気でおたがいの顔もよく見えません。

「いいかい、こんなことになったのも、きみたちの責任だからね」

スニフが念をおすと、ムーミントロールは、こう答えました。

「うんうん、わかってるさ。安心してていいよ」

目の前には、死んだ海底が広がっていて、とてもあわれなようすでした。すみきった水の中でシャンデリアのように美しくゆれていた海草が、ぺたりと黒くはりつき、わずかに残っている水たまりの中で、魚たちがみじめにはねています。とってもいやなにおいがします。

クラゲや小さな魚などが、あっぷあっぷしているのを見て、スノークのおじょうさんは、あちこちかけ回っては、水たまりに放してやりました。

「おお、よしよし。だいじょうぶだからね」

すると、ムーミントロールがいいました。

「ほんとにかなしいけどね。ぜんぶを助けてやってる時間は、ないと思うよ」

「そうね、でも何びきかでも」

スノークのおじょうさんはため息をつきました。そしてまた竹馬に乗って、みんなのあとにつづいたのでした。こんな海の底では、彗星がことさらに大きく感じられ、まるではあはあと息をはずませながら、湯気の中でゆれているように思われました。みんなは、足の長い小さな昆虫みたいなかっこうで、海の深いところへ、ずんずん下りていきました。

砂の上にはそこここに、ものすごく大きな山がそびえています。かつては山のてっぺんだけが海から顔を出していて、小島や岩礁となっていたのです。船遊びの連中はそこへ船をつけて、小さなはい虫たちは、島のまわりで水遊びをしたものでした。

「ぼく、もう二度と水の深い場所で泳ぐ気がしないな。下がこうなっているんじゃ」

スニフは身ぶるいすると、深い割れ目の中をのぞきこみました。そこにはまだ水が残っていて、得体の知れないものたちがうごめいているのでした。

スナフキンがいいました。

「しかし、美しいよ。こわくて、美しいよ。それに、今までだれもここへ来たことがないって考えるとさ……」

「あそこに！」

とつぜんスニフがさけびました。

「宝箱だ！　さっきいってたとおりの……」

彼は竹馬をほっぽりだして、砂の中から乱暴に、箱をかき出しました。

Tove

「手伝って！　かぎがかかっていて、開かないんだよ……」

わめくスニフに、スノークが話しかけました。

「そんなの持っていけないだろ、大きすぎるよ。スニフ、早くおいで。向こうへつくまでには、もっといいものが見つかるに決まってるよ」

小さな動物のスニフは、とても残念そうに顔をゆがめながら、歩きだしたのでした。

岩山はいっそう高く、けわしくなり、地面はあらゆるところが割れていました。たえず、竹馬が大地のひび割れに引っかかるため、進むのがだんだんのろくなっていきました。ときどき、だれかがたおれてしまうこともありました。みんな口をきかなくなって、ただ夢中で歩きました。

ふいに、難破船が見えました。そのあわれな船は、たいそうみじめなすがたをしていました。マストは折れ、ぼろぼろの船体には貝がらや海草がいっぱいくっついています。船具は波で洗い流されてしまいましたが、船首かざりは残っていました。その像は、まっすぐ前を見つめて、さびしそうにほほえんでいます。

「船の人たち、助かったかしら」

スノークのおじょうさんが小さい声でいうと、ムーミントロールは答えました。

「もちろんさ。船には救命ボートが積んであるもの。さあ、もう行こうよ。見ると、かなしくなっちゃうから」

「ちょっと待って。なにか光ってるよ！　金でできてるんじゃないかな……」

スニフがさわいで、ふたたび竹馬から飛び下りました。そして、難破船の下にもぐりこむと、海草の中をほじくりはじめました。

「短剣だ！　柄は金で、宝石がついてるぞ」

スノークのおじょうさんは、それを見ようとかがみこんだ拍子に、バランスをくずしました。竹馬に乗ったまま大きく前のめりになり、それから、後ろへかたむいたのです。彼女はかん高い悲鳴をあげ、まっ暗な難破船の中へ円をえがいて転げこみました。

助けにかけだしたムーミントロールは、さびついたいかりのくさりをよじ登り、甲板の上の海草に足をとられながら、貨物室の暗がりをのぞきこんでさけびました。

「どこにいるの！」

「ここよ」

スノークのおじょうさんが、あわれっぽい声で答えました。

「けがしてない？」

「ええ。だけどこわかったわ」

ムーミントロールは、貨物室へ飛び下りたのですが、おなかまで水に浸かってしまいました。かびくさい、いやなにおいがしました。

「スニフのやつめ、宝石なんぞを……」

彼はつぶやきました。

「でも、スニフの気持ちもわかるわ。わたしだって、宝石や金や真珠やダイヤモンドが大好きよ。きっと、この中にもあるわ。探さない？」

「ちょっと暗すぎるよ。それに、どんなおそろしいことがあるか、わからないぞ」

スノークのおじょうさんは、すなおに聞き入れました。

「そうね。じゃ、わたしを上がらせてよ」

そこでムーミントロールは、貨物室のハッチのふちまで、彼女をおし上げてやりました。

「きみたち、ぶじだったかい」

スナフキンが声を張りあげました。

「わたし、また助かっちゃったわ」

スノークのおじょうさんはほがらかに答えて、鏡が割れなかったかどうか見てみました。

うれしいことに、ガラスもだいじょうぶだし、ルビーのバラの花も、裏側にちゃんとついて

いました。鏡にうつっている自分のすがたを見ると、前髪がずぶぬれでした。それから黒いハッチ、その下にムーミントロールの耳も見えました。さらに彼の後ろの暗闇に、もぞもぞと動いているものが見えたのです。それは、ゆっくりとムーミントロールに近づいてきます……。

「あぶない。後ろに、なにかいるわ！」

おじょうさんのさけび声に、ムーミントロールは、あわてて後ろをふりむきました。

それは、タコでした。海でいちばんおそろしい怪物の大ダコが、暗がりからそろりそろりと、こちらに向かってきているのです。

ムーミントロールは上へよじ登ろうとしたのですが、板がぬるぬるしていました。なんべんもすべってしまい、ドブンと水の中へ落ちてしまいました。スノークのおじょうさんは鏡をにぎりしめながら、上からさけぶばかりです。

大ダコは、いっそう近づいてきました。

ところが急に、タコは立ちすくんで、目をぱちくりさせました。赤く燃えている彗星のすがたを鏡がとらえ、そのまぶしい光が大ダコの顔に、まっすぐ反射したのです。

タコは、びっくりぎょうてんしました。

深い海の底でずっとくらしてきたのに、暗闇がなくなり、海もなくなってしまったのでした。そのうえ、ぞっとするような赤い光が、まっすぐ目にさしこんできたのは、なによりもおそろしかったはずです。大ダコは大きく息をついて、ぜんぶのうでで頭を抱えこみ、貨物室のずっと奥深くに沈んでいきました。

「きみは、ぼくの命を助けてくれたよ。とってもかしこい方法で」

ムーミントロールは、スノークのおじょうさんにいいました。

「あれは、もののはずみよ。でも毎日だって、あなたを大ダコから助けてあげたいわ」

「いやだよ、そんなの。それは欲ばりすぎだな。おいでよ、ここから出よう」

それからみんなは一日中、さびしい海底の地を深く深く歩きつづけました。このあたりには、浜辺でひろえるものとはおよそ似ていない、ものすごく大きな深海の貝が転がっていました。ぎざぎざのついたまき貝で、くっきりとした美しい色をしています。

スノークのおじょうさんが話しかけました。

「この中に住めそうね。なんだか、音が聞こえない？　貝の中で、だれかがささやいているのかしら」

「あれは海の音だよ。貝は、海のことを思ってるんだ」

そういうと、スナフキンは自分もハーモニカを吹きたくなりました。けれども、音が出なくなっていました。湯気が、すっかり音をうばってしまったのです。

「なんてことだ」

スナフキンは、まゆをひそめました。

「家へ帰ったら、きっとパパがなおしてくれるよ。その気になれば、パパはなんでもなおしちゃうさ」

と、ムーミントロールがはげましました。

「もう、海のいちばん深いところへ近づいたよ。気をつけて歩くんだぞ……」

スナフキンがいいました。

ここには、海草もありません。灰色のどろにおおわれたするどい断崖が、足元にあるだけでした。まったく静まりかえっていて、おごそかなほどです。

そしてとつぜん、底がなくなってしまいました。影と湯気につつまれた、深い深い穴の中に消えてしまったのです。

だれもそこへは、近づこうとしません。みんな、おしだまったまま通りすぎました。スノークのおじょうさんだけが、ふりかえって、ため息をつきました。崖のふちに、海でいちばん大きくいちばん美しい貝が、転がっていたからです。とても白くて、うす暗がりの中で輝いていました。海の歌が貝の中から聞こえてきます。

ムーミントロールが声をかけました。

「そんなものに気をとられちゃいけない。ここは危険なんだ。あの下には、だれも見たことのない怪物がいるんだよ。どろの中に……」

やがて、夕方になりました。みんなはできるだけくっついて、この世のものとは思えない静けさに耳をすましました。なにもかもがやわらかく、じっとりしめっていて、奇妙にしん

としていました。夕方になると聞こえてきたやさしい音の数々――夜風にそよぐ木の葉の音や、小鳥のさえずり、帰宅をいそぐ足音などを、みんなはなつかしく思いました。

たき火をすることもできませんし、得体の知れないおそろしいものが下にひそんでいるかもしれない中、眠るのはこわいことでした。

みんなは、やっと高い岩の上にたどりつき、そこで少しは安全だと感じました。そして、スノークたちのクラッカーの残りを、すっかり食べました。

ムーミントロールがいちばん初めの見張りを引きうけ、スノークのおじょうさんの分も買って出ました。ほかのみんなが身をよせあって眠っている間、彼は干上がった海の底を、じっと見つめていました。彗星の赤い光に照らされていますが、ものかげはすべて、ベルベットのように黒かったのです。

ムーミントロールは、気味のわるい風景を見ながら、考えました。

（あんな火の玉が飛んでくるのを見て、地球はどんなにこわがっているだろう。ああ、森や海や、雨や風、そして太陽の光や草やコケ、ぼくはどれも好きでたまらないのに。もしもみんななくなってしまったら、ぼくはとても生きていけないいな）

けれども、しばらくしてこう思いなおしたのでした。

（みんなどうすれば助かるか、きっとママなら知ってるよ）

8章

スニフは目をさますなり、こういいました。

「明日は、いよいよあれが来るんだね」

みんな、彗星を見ました（スノークのおじょうさんもです。前髪の間からこっそりとでしたけどね）。彗星はおそろしく大きくなっていて、まわりには、めらめら燃え上がる炎のふちどりがついています。湯気は消えてしまって、海の底のずっと遠くまで見わたせました。

「おはよう」

スナフキンはそういって、ぐっとぼうしを深くかぶりました。

「さあ、行こう」

朝ごはんのころ、自転車に乗ったスクルットに出会いました。背中のふくろに子どもを入れています。荷台にはかばんがのせてあり、ハンドルにもたくさんの荷物がゆれていました。

そのスクルットは顔をまっ赤にして前を見たまま、あいさつ一つしません。

ムーミントロールが、声を張りあげました。

「やあ！　ぼくのこと、おぼえてない？　引っ越しするの？」

スクルットは自転車から下りると、早口で話しました。

「ムーミン谷のみんなはもう、避難しちゃったよ。あそこに残って、彗星が落ちてくるのを待ってるなんて、いやだからね」

「彗星がムーミン谷に落ちるって、だれがいったんです？」

と、スノークがたずねました。

「じゃこうねずみだよ」

「でも、パパとママは残ってるさ。ぼくのことを待ってるんだから！」

ムーミントロールがまくしたてると、スクルットはいらいらしながら答えました。

「うんうんうん。あの人たちはベランダにいたね。知ったこっちゃないけど。きみだって早く行かないと……」

そして、スクルットは髪をふりみだしながら、自転車を走らせていったのでした。

みんなはしばらく、ただ彼の後ろすがたを、見送っているばかりでした。

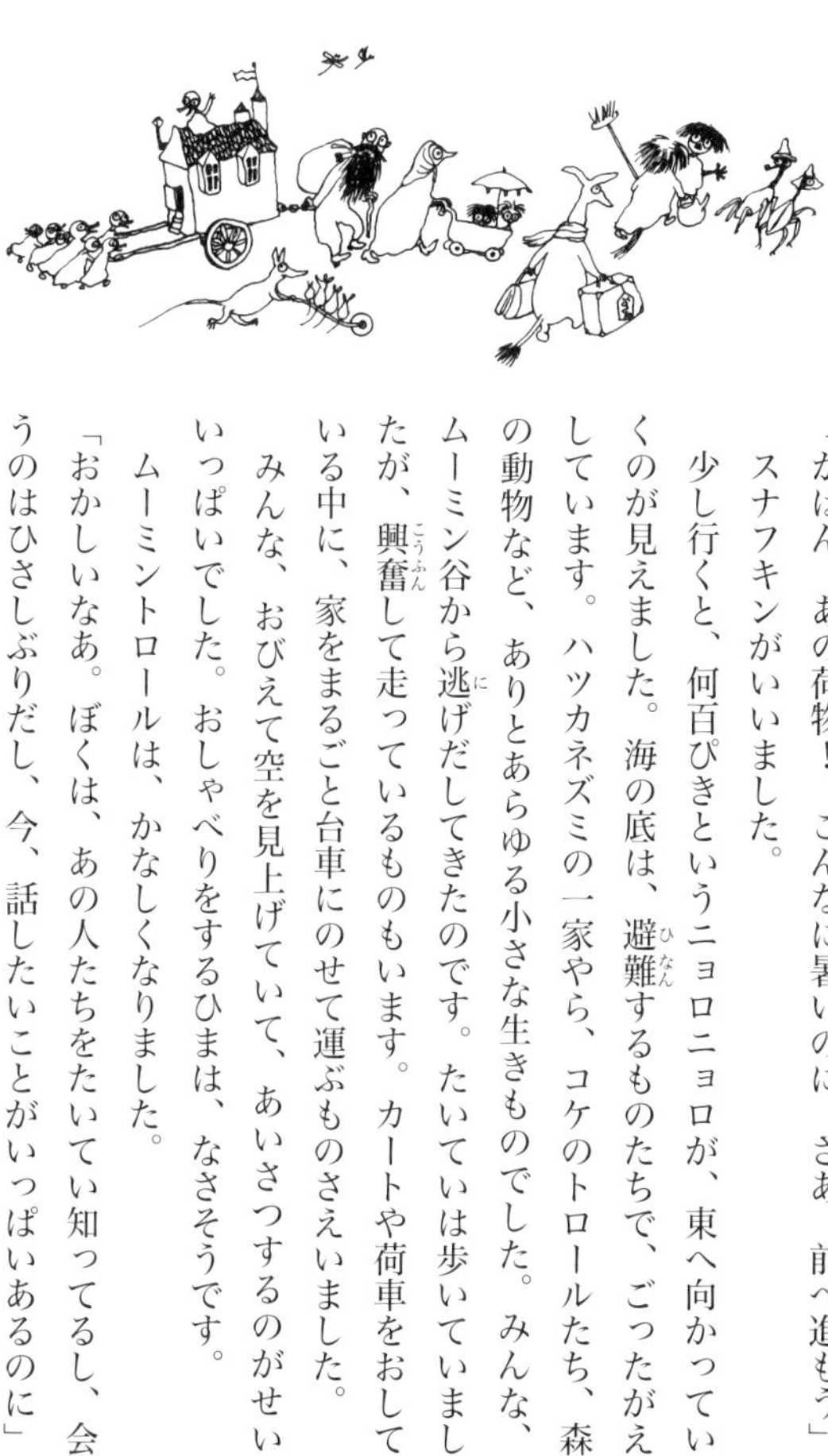

「かばん。あの荷物！　こんなに暑いのに。さあ、前へ進もう」

スナフキンがいいました。

少し行くと、何百ぴきというニョロニョロが、東へ向かっていくのが見えました。海の底は、避難するものたちで、ごったがえしています。ハツカネズミの一家やら、コケのトロールたち、森の動物など、ありとあらゆる小さな生きものでした。みんな、ムーミン谷から逃げだしてきたのです。たいていは歩いていましたが、興奮して走っているものもいます。カートや荷車をおしている中に、家をまるごと台車にのせて運ぶものさえいました。

みんな、おびえて空を見上げていて、あいさつするのがせいいっぱいでした。おしゃべりをするひまは、なさそうです。

ムーミントロールは、かなしくなりました。

「おかしいなあ。ぼくは、あの人たちをたいてい知ってるし、会うのはひさしぶりだし、今、話したいことがいっぱいあるのに」

「みんな、おびえているのさ」

スナフキンが口を開きました。

「なんてこった。自分の家にいて、おそろしいことなんか、あるもんか」

ムーミントロールはいいました。

「きっと、ぼくたちはものすごく勇敢(ゆうかん)なんだ」

こうスニフはさけんで、宝石(ほうせき)のきらきらしている短剣(たんけん)をふり回しました。

ムーミントロールは首をかしげて、つぶやきました。

「ぼくたちが、特別に勇敢ってわけじゃないと思うよ。ただ、彗星(すいせい)になれてしまっただけなんだ。もう、知りあいみたいだもん。あいつのことを知ったのは、ぼくたちが最初だ。しかも、どんどん大きくなるのを見てきたんだ。彗星って、ひとりぼっちでほんとにさびしいだろうなあ……」

「うん、そうだよ。人間も、みんなにこわがられるようになると、あんなふうにひとりになってしまうのさ」

スナフキンがいいました。

スノークのおじょうさんはムーミントロールの手に、自分の手をそっとかさねました。

「どんなことがあっても、あなたがこわがらないうちは、わたしもこわがらないって約束するわ」

とうとう、向こう岸につきました。みんなは竹馬から飛び下りて、砂地に転がりました。

それから森の中へかけこみ、うれしくて大声をあげ、にぎやかに笑いながら、だきあってよろこびました。

「もう、家は近いよ。いそごう、いそごう。パパとママがベランダで待ってるんだ！」

ムーミントロールがさけびました。

けれど、家までの道は、思っていたよりもずっと遠いものだったのです。

森の中で、ヘムルに会いました。切手のアルバムを抱えこみ、すわりこんでひとり、文句をいっていました。

「大さわぎで走り回って、やかましいな。いったい、なにごとだ。説明できるやつは、だれかおらんのか！」

「こんにちは。あなたは蛾の好きなヘムルと、親類ですか」

ムーミントロールがたずねました。

ヘムルは、きらいだという気持ちをかくしきれずに答えました。

「あれは、わしの父方のいとこだ。大ばかものよ。もう、親類でもなんでもないわい。あいつとはもう、縁を切ったんだ」

「どうして？」

スニフが聞きました。

「あいつは、一つのことしか目に入らん。昆虫、昆虫、昆虫、そればっかりじゃ。足元で地球が割れても、あいつは気にもせんだろうな、きっと」

スノークが口をはさみました。

「それなんですよ、今まさに起ころうとしてるのは。正確にいうと、明日の午後八時四十二分です」

「なんだと？」

といって、ヘムルはことばをつづけました。

「それでおそろしいさわぎをしてるのかね。わしは丸一週間かけ、切手を整理して、すかしもようをぜんぶ調べたのさ。それが、どうだ。机は持っていってしまうし、いすも取られてしまった。おまけに家中の戸をしめてしまいおって！　だからわしは、ごちゃまぜになった切手と、ここにすわっておるわけじゃ。しかも、なにが起きたのか説明できるやつが、ひとりもおらんのだ！」

するとスナフキンが、とてもゆっくりと、そしてはっきりといいました。

「ヘムルさん。それはね、明日、彗星が地球と衝突するからなんですよ」

「なに、衝突する？　それはわしの切手コレクションに、なにか関係があるのかな」

「ありませんよ。しっぽのついた気の荒い星の話をしてるんです。まあ、そいつがやってきたら、あなたの切手はあんまり残らないでしょうね」

「そりゃたいへんだ」

ヘムルは、はいているスカートをあわててつまみました（ヘムルというのは、スカートをはいて歩くのです。どうしてなのかは、わかりませんけれど。たぶん、ズボンをはいたらどうかなど、考えたことがないのでしょうよ）。

「それで、わしはどうしたらよいんじゃ」

「わたしたちについていらっしゃいよ。あなたも切手のコレクションも、わたしたちのすばらしいどうくつの中へ、かくせるわ」

スノークのおじょうさんがいうと、すかさずスニフが訂正しました。

「ぼくのすばらしいどうくつ、だからね」

こうして、ヘムルもいっしょに、ムーミン谷へ向かうことになりました。彼をつれて歩くのは、なかなかやっかいでしたが、しかたありません。ときには、めずらしい印刷ミスの切手を落としたというので、探すために数キロもどらねばなりませんでした。

それに二回もスノークとけんかをしましたが、ふたりともなんでいいあらそっているのか、わけがわかりません。けんかじゃなくて議論してたんだと、どちらもいいはりましたが、それはけんかにしか聞こえませんでした。

スニフはひとりはなれて歩き、いつになくだまりこくっていました。彼は、子ネコのことを考えていたのです。

(ムーミンママは、子ネコにミルクを出しておくのを、わすれてないかな。でももし、あの子ネコがぼくじゃなくて、ママを好きになりかけていたら、どうしよう。ぼくに体をすりよせてくるかな。それともしっぽをぴんとつき立てたまま、行ってしまうかな)

自分のネコでも、どこにいるのかなんて、わからないものです。たしかなのは、ものすごく自分を好いてくれていると、ちらつかされることだけです。この旅の間、子ネコのことを一言も話さなかったと、スニフはたいそう得意に思いました。

「ほら、風が吹きはじめたぞ……」

だしぬけにスナフキンが声をあげて、口からパイプをはなしました。

みんな足を止めて、耳をすましました。森の奥から、ヒューという音がしたかと思うと、たちまち、ゴーゴーという重い響きになりました。ところが、森の木はちっともゆれません。

「あっ！」

スノークがさけびました。

木のてっぺんの上に、大きな雲がかかり、こちらへ向かってくるのです。雲は上へ上がったり、下へ沈んだりして、赤い空を黒くぬりつぶしていましたが、とつぜん森をめがけてつっこんできました。雲ではなくて、バッタだったのです。

何百万びきという緑色の大きなバッタは、たちまち森を食べつくしてしまいそうでした。バリバリ音を立てて食いちらし、つぎからつぎへと木を丸はだかにしていきます。バッタたちは、かじったり引きさいたり、むしりとったりしながら群れになって木々をうつっていきました。

スノークのおじょうさんは石の上へはい上がって、悲鳴をあげました。

「なあ、あんなのただのバッタじゃないか。まえに見たろう。ダンス場で、バイオリンをひいてた……」

スノークがいうと、妹がさけびました。

「でも、これは大群よ！　一ぴきじゃないもの、ぜんぜんべつよ！」

「あいつらは、切手も食べよるかね？」

ヘムルはそう聞きながら、切手のアルバムを抱えて、立ちすくんでいました。

「美しい森が、あんなになっちゃって！」

と、ムーミントロールは声をあげました。

どの木も葉っぱがなくなって、丸はだかでした。地面もすっかり、むきだしになっています。残っているのは、スノークのおじょうさんの耳の後ろについている、花かざりだけでした。

そのうち、おなかをすかしたバッタの、雲のような大群は、西

の空へ飛んでいきました。森は、ふたたび静かになりました。スノークがすわりこんで、ノートを広げました。

「カタストロフィー第一号」

彼はこう書いてから、いいました。

「彗星はいつも、カタストロフィーをつれてくるものだってこと、きみたちは知ってるかい？」

「なにそれ？」

と、スニフがたずねました。

「バッタの大群とか、伝染病とか、地震、洪水、竜巻なんかさ」

「つまり、大騒動のことだな。どこへ行っても、のんびりとはできんわい」

ヘムルは、ぶうぶういいました。

バッタに食いあらされた森を、みんなは歩きつづけました。

(うちの庭が、食べつくされてなけりゃいいけど。こんなことになったら、ママはすごく怒っちゃうぞ。パパのたばこ畑だって……)

ムーミントロールはそう考えて、スナフキンにたのみました。

「ねえ、スナフキン。なにか吹いてよ。かなしい歌がいいな」

「ハーモニカは、だめになってしまったよ。ちょっとしか、鳴らないんだ」

スナフキンはいいました。

「それでもいいから、ねえ、吹いてよ」

そこでスナフキンは「こまったこまった」の歌を演奏しました。


こま………　こま………

つめ………　来………

………　五時………

ひとり………ふら………

つかれた………

………家は見つからない！


「おそろしい歌だなあ」

ヘムルがいいました。

そして、つかれた小さな足で、みんなは歩きつづけたのでした。夕方近くなって、風が吹きだしました。はじめはただの強い風でしたが、ぐんぐん強まって、風力5か6になり、や

がては風力7、そしてまもなく、嵐になってしまいました。

そのときみんなは、大きな沼のわきに来ていました。

「カタストロフィー第二号！　こんどは竜巻だ」

スノークは、ノートをふりながらどなりました。

とたんに彼の手から、ノートが風で空高く舞い上がってしまったのです。彗星が来たらどうすればよいかと、こまかくちゃんと書いてあったのに。

「やった、ちょうどいい風向きだぞ！　ぼくたち、風に乗って帰れるよ」

ムーミントロールがさけびました。

嵐はうなり声をあげながら、彼らを沼の向こうへ吹き飛ばしました。スナフキンのぼうしをもぎとろうとしたり、スニフを転ばせたり、ムーミントロールのメダルを空へまき上げたりもしました。

「こわいわ！　手をにぎってて……」

悲鳴をあげるおじょうさんの手をしっかりつかみながら、

ムーミントロールは思ったのでした。
(大きな気球さえあれば、家まで飛んで帰れるんだけどなあ……。パパとママのところへ、まっすぐに……)

そのときヘムルが、サイレンよりけたたましくさけんだのです。嵐が、彼の切手アルバムをうばいとって、めずらしい印刷ミスの切手も、四枚つづりのシートも、すかしもようの切手も、みんなあたりに飛びちらせたのでした。小鳥のように空を舞って、小さく小さくなっていきます。

ヘムルはあとを追って、かけだしました。スカートは、風でまくれ上がり、バタバタと音を立てて、はためきました。ヘムルは大きな凧のように風に飛ばされましたが、しげみになんとかしがみつきました。服が頭の上までまくれ、絶体絶命となってしまったのです。

しばらくして、だれかがヘムルのそでを引っぱりました。

「うるさい。わしは、だいじな切手のコレクションを失ってしまったヘムルなんだぞ!」

こういってわめくヘムルを、ムーミントロールがなだめました。

「わかりますよ。本当にお気のどくです。だけど、すみませんが、あなたの服をおかりしなきゃならないんです。気球を作るためですよ。ぼくたち、家へ帰らなくちゃ。彗星が来るんです！　どうか、その服をぬいでください」

「うるさい！　彗星のことなんか聞きたくない。わしは彗星なんて、大きらいじゃ！」

ヘムルはやけくそでどなりました。

嵐は今ではもう、風力10になっていました。地平線に黒いうずまき形の雲がわき起こり、それがぐるぐるしながら、近づいてきます。

「服をぬいで！」

スナフキンがさけびました。ヘムルがなんと答えたのか、だれも聞きとれませんでしたが、そのほうが、かえってよかったでしょうよ。なにしろ、とても口ぎたなくののしりましたから。つぎの瞬間、みんなはよってたかって、ヘムルの服を頭からすっぽり引きはがしてしまいました。

それは、ヘムルがおばさんの形見にもらったすごく大きな服で、すそにフリルがついています。首のところのひもをしっかりしめて、そでにひもをむすんだだけで、まったくすてきな気球に大変身したのでした。

いよいよ、まっ黒な雲が近づいてきました。もう目の前です。

「しっかりつかんで！　手をはなすなよ。あんたの切手アルバムを追って、飛ぶんだからね！」

と、スナフキンは大声でいいました。

みんなは、ヘムルの服のフリルにしっかりとつかまりました。服は嵐でふくらんで、吹き飛んでいきます。黒雲はもう、沼も通り越し、うなりながら彼らを追っかけてきます。足元には地面も見えず、まっ暗な中を、みんなは西へずんずん飛ばされていきました。夜の暗がりの中を、まっしぐらに――。

真夜中近くになって、やっと竜巻が息切れして、おさまりはじめました。気球は森にゆっくり落下して、高い木に引っかかったのでした。

だれひとり、しばらくなにもいいませんでした。

みんなそれぞれ、枝の間にうずくまって、ほの赤い森の暗闇をながめ、竜巻が遠ざかっていく音を聞いていました。それは、やがてかすかなざわめきだけになり、それから、完全に静かになりました。

そこで、スナフキンがたずねました。

「みんな、だいじょうぶかい？」

「ぼくはたぶん、ここにいるよ。ぼくなのか、嵐に運ばれてきた、みじめながらくたなのかわからないけどね。だからいったんだ、こんな目にあうのは、きみたちの責任だって！」

と、いちばん小さな影がいうと、ヘムルが怒りました。

「ああ、本物のおまえさんだろうよ。そうかんたんに責任のがれはできんぞ。ところで、わしの服を返してもらえんかね」

「はい、どうぞ。かしてくださって、ありがとうございました」

スノークがいいました。

「スノークのおじょうさん、どこにいるの！」

と、ムーミントロールが大声をあげると、暗闇の中から返事がありました。

「ここよ。鏡もちゃんとあるわ」

「ぼくのぼうしもぶじだ！　ハーモニカも。そして、ぼうしの羽根もね」

こういって、スナフキンは笑いました。

ヘムルは服を頭からかぶって着ると、いいました。

「おまえさんたち、きげんがよさそうだな。フリルをこんなしわくちゃにされて、わしはいらいらしておる」

それからは、だれも口をきく気になれませんでした。

みんなは、大きな木の上で眠りました。とってもつかれていましたから、あくる日は十二時になるまで、目をさましませんでした。

9章

八月七日金曜日。風がぜんぜんなく、おそろしく暑い日でした。何時なのかだれもわかりませんでしたが、ずいぶん寝ぼうしてしまった感じがするのだけは、たしかでした。

彗星は、とほうもなく大きくなっていて、ムーミン谷めがけてやってきているのが、はっきり見てとれました。彗星のまわりの炎は、ものすごく強く、白く光っています。

ムーミントロールは、まっ先に木から下りて、用心深くあたりを見回しながら、くんくんとにおいをかいでいましたが、やがて大きな声をあげました。

「ここには、緑があるぞ。葉っぱや花でいっぱいだ！　森は食べつくされていない。ちゃんと森らしい森だね。きっと家も、そう遠くないと思うよ」

この日はもう、はい虫から小さなアリまでみんな、できるだけ深く地中にもぐりこみ、鳥たちは、じっと木の中にひそんでいます。

「おや、今日は耳の後ろに、花をつけないのかい」

スノークが聞くと、妹は答えました。

「気がついてくれてうれしいわ。でも、そういう気分じゃないの。こわいんだもの」

スニフは子ネコのことを考えながら、歩いていました。

（あの子は、ベランダの階段にいるかな。ぼくを見たら、なにかいうかな。それとも、のどを鳴らすだけかな。もしかして、小さすぎてぼくをおぼえていなかったら、どうしよう）

スニフはだんだん心細くなってきて、しまいに、ひとりでしくしくやりだしました。

「だいじょうぶ、うまくいくよ。でも、もうちょっと速く歩いてくれないかな。いそいでいるんだから……」

スナフキンがいいました。

すると、ヘムルがどなったのです。

「なに、いそいでいるとな、ああそうか。みんないそがしがって、がさがさしよって。この世界には、どこにも平和がないじゃないか！」

ヘムルは切手のアルバムをそこら中探し歩き、かなしみで顔をゆがめていました。おそろしい暑さでした。おまけに、食べものも飲みものも、なにもありません。みんなは、ただ歩きつづけました。

（なにかをほしがって歩いていると、おかしなことになるものだなあ。焼きたてのお菓子のいいにおいがしてきた気がするんだけど）

ムーミントロールは、ため息をつきながら歩きつづけました。それからちょっと立ち止まって顔を上げ、鼻をぴくぴくさせると、急にかけだしたのです。

木立がまばらになり、お菓子（かし）のにおいがしっかり感じられるようになりました。

とつぜん、目の前にムーミン谷が開けました。出発したときと同じように、静かで変わりなく、青いムーミンやしきも立っています。そして、家の中ではムーミンママが、落ちつきはらって、ジンジャークッキーを焼いているところでした。

「帰ってきたんだ。ぼくたち、家へ帰ってきたんだよ！　ちゃんとうまくいくってこと、ぼくは知ってたけどね。早く来てみなよ！」

と、ムーミントロールはさけびました。

「あれが、あなたの話してた橋ね。そして、あれは木登りの木でしょ。いいおうちだわ、ベランダもすてきね！」

スノークのおじょうさんがいいました。

スニフはベランダの階段（かいだん）を見ましたが、子ネコはいませんでした。

ムーミンママは台所のテーブルにすわって、ピンク色のクリームでケーキをかざりつけていました。ケーキには「かわいいムーミントロールへ」とチョコレートで書いてあり、てっ

ぺんにはお砂糖の星がのっかっていました。

ムーミンママは、ひとり静かに口笛を吹きながら、ちらちら窓の外を見ました。

ムーミンパパは心配で、部屋から部屋へうろうろ歩き回っていました。

「あの子らは、なぜ帰ってこないんだろ。もう、一時半だぞ」

「きっと、帰ってきますよ。心配なさらないで。ちょっと、このケーキを持ち上げてくださいません？　下に紙をしきますから。スニフちゃんがお皿をなめるんです。あの子は、それが大好きで……」

パパはため息をつきながら、ケーキを持ち上げました。

「あの子らを旅に出すんじゃなかった。こ

うなると知っていたら……」

ちょうどそのとき、じゃこうねずみがやってきて、たきぎ入れに腰かけました。

「あのう、彗星はどうなっています？」

と、ムーミンママが聞きました。

「まっしぐらにやってきておる。菓子を焼くには、もってこいじゃ」

じゃこうねずみは、気むずかしい顔でいいました。

「ジンジャークッキーをお一ついかが」

「そうじゃな。待ってる間に、まあ一つ」

三つめを食べてしまってから、じゃこうねずみはいいました。

「おくさんの息子が、橋の上を走ってくるようじゃ。ほかにもいろいろおるぞ」

「ムーミントロールが？」

ムーミンママは大声をあげて、持っていたケーキナイフを台所のごみ箱へ放りこんでしまいました。じゃこうねずみったら、今ごろになっていったのです！　ママは外へかけだしました。パパも、そのあとにつづきました。

向こうからムーミントロールがやってきます。スニフもいます。それから、見たことのない人たちが、ぞろぞろと。ムーミンママは、声を張りあげました。

「待ってたわよ。さあ、いらっしゃい！　みんなやせて、よごれちゃったわね。でも、よかった……夢じゃないわよね！」

「ママ、パパ！　ぼく、戦ったんだ！　アンゴスツーラと戦ってね、勝ったよ。えいやって、アンゴやつのうでを切り落として、しまいに切りかぶだけにしてやったんだ！」

「そんなことまであったの。それで、この人たちはどなた？」

「こちらは、スノークのおじょうさん。アンゴスツーラから、ぼくが助けたんだよ。で、こちらが兄さんのスノーク。こっちは親友スナフキンと、切手を集めてるヘムルのおじさん」

みんなはおたがいに握手をしました。

「それは、たのしそうですな。切手集めはすばらしい趣味ですね」

ムーミンパパが話しかけました。

「趣味なんかではない。わしの職業だ」

ヘムルは、かみつくようにいいました。ゆうべ、あまり眠れなかったので、きげんがわるいのです。

「そうでしたか。では昨日、風に飛ばされてきた切手アルバムを、ごらんになりたいでしょうな」

「なんじゃと!?」

ヘムルはさけびました。

ムーミンママが、口をはさみました。

「そうですの。パン生地をふくらませようと外へ出しておいたら、のりのついた小さな紙きれが、今朝になっていっぱいくっついていたんですよ」

「のりのついた紙きれ！」

ヘムルは、そうくりかえして、青くなりました。

「それは、とってあるだろうな。どこだ？　まさか、うっかりすててなかろうね」

「あそこにつるして、かわかしてます」

ムーミンママはライラックのしげみにわたした、物干しロープを指さしました。

ヘムルは赤い切手アルバムをひと目見るなり、大よろこびで声をあげました。ぼろぼろになったスカートのままで、転がるようにかけだしました。

「すごく運のいい人もいるんだねえ」

スニフは顔をゆがめて、つらそうにいいました。子ネコが出てきて、あいさつしてくれるはずだったのに。ベランダの階段に置かれているミルク皿をさして、スニフは口をとがらせました。

「このミルクは、くさっているみたい」

ムーミンママが、いいわけをしました。

「こう暑くちゃね。この暑さで、なんでもすぐにいたんでしまうの。それに、あの子はめったに飲みに来ないのよ……。さあ、みんな、ごはんにしましょう。家に入ったら、じゃこうねずみさんにあいさつなさいね」

けれども、スニフは庭に残っていました。しげみの下へもぐりこんで、子ネコを呼びました。たきぎ小屋の中を見て、そこら中を探しながら、いっしょうけんめいに呼びました。でも、子ネコは出てきません。

スニフはベランダへもどっていきました。みんながごはんを食べながら、彗星のことを話しあっているところでした。

「じゃこうねずみさんがいうには、彗星は今晩、うちの野菜畑へ落ちるようなの。あのいやな灰色のほこりが、やっとお野菜から吹き飛んだと思ったらね……。もう、おそうじをする気がなくなったわ。宇宙はほんとにまっ黒なんですってね。それを調べてきたのは、あなただったわよね？」

ムーミンママのことばで、スニフは少しうれしくなりました。

「うん、ぼくだよ。ぼくがぜんぶ調べてきたんだ。それに彗星が来たら、みんなぼくのどうくつの中へかくれていいよ！」

するとスノークが口出ししました。

「ちょっと待った！　それについては、会議を開かなくちゃ。重大会議です！　そんなふうに、かんたんに決められることじゃないんですよ」

「どうして？　のんびり決めてる場合じゃないわ。みんな大事なものをぜんぶ持って、どうくつへお引っ越しすればいいのよ」

スノークのおじょうさんがいいました。

「ねえ！　ぼくの短剣を見てくれた？」

と、スニフがわめきました。

「どうくつでパーティーのごちそうを食べるのはどう？　ピクニックみたいにしようよ！」

ムーミントロールも大声をあげました。

みんなが口々にさけびながら、手をふり回したりしているうちに、スニフはミルクの入ったコップを、テーブルの上に引っくりかえしてしまいました。

そのとき、じゃこうねずみが立ち上がりました。

「おまえさんたちは、ひどくなる一方じゃな。なにを話しあってもむだじゃよ。どうせぐちゃぐちゃにつぶれてしまうんじゃからな。わしは、ハンモックに寝ころんで、考えごとをするぞ。さらばじゃ、これきりもう、会うこともないかもしれぬ」

そして、ぷいと出ていってしまいました。

しばらくみんなだまっていましたが、ムーミンパパが深いため息をつきました。

「じゃこうねずみは、どうしてわたしを落ちこませることばかりいうのか、さっぱりわからん。もう三時だ……。そろそろ荷作りにかかろうか。どうくつの広さはどれぐらいかね？」

それからパパは、スノークを見ていいました。

「きみ、ひとつ、この引っ越しのまとめ役をしてくれんかな」

スノークはうれしさで顔を赤くしながら、緊張していいました。

「やってみます。でもまず、ます目か横線のあるノートと、ペンとメジャー、きちんと寸法のついた、どうくつの見取り図をくれませんか？　あと、みなさんの持ち物リストがほしいですね。好きでたまらないものには星を三つ、ふつうに好きなものには星二つ、なくてもくらせるだろうと思うものには星を一つつけてください」

「ぼくのリストはすぐにできるよ。ハーモニカに星三つさ！」

スナフキンは、そういって笑いました。

いよいよ、荷作りの大騒動がはじまりました。じゃこうねずみはハンモックに寝そべって、ながめていました。ヘムルはライラックのしげみの下で、切手を分類しています。

ムーミンママは、いそがしく動き回って、ひもや包み紙を探しました。ジャム倉庫のものをみんな引っぱり出し、カーテンもはずしました。引き出しをぜんぶ、ゆかにならべ、シーツやふとんは丘の上へ出しました。

ムーミンパパは、かばんやたばねたものや、ふくろやかごや包みを、手おし車に積みこみました。スノークはリストと計画書をベランダのテーブルの上にずらりとならべて、指図しました。たまらないほどしあわせに感じながらね。

「花壇のまわりの貝がらは、どうしましょう」

スノークのおじょうさんが聞くと、ムーミンママがいいました。

「持っていくのよ。星三つですもの。スニフちゃん、デコレーションケーキをどうくつへ運んでくれる？　手おし車にのせられなくて……」

すると、パパがいいました。

「なあ、バラをぜんぶ掘り起こすのは無理だよ。時間がないんだ」

「黄色いのだけで、いいわ。でも、それはかならずね」

そういって、ママはラディッシュを引きぬきに走りました。大きいのだけでもと思ったのです。

パパが手おし車をつぎつぎ砂浜までおしていって、待ちかまえていたムーミントロールとスナフキンが、どうくつの中へ荷物を運び入れました。時間がないだけに、たいへんでした。

暑さはますますひどくなり、赤黒くおそろしい光の中で、水のない浜辺が横たわっています。ムーミンパパは、こんな気味のわるい景色を、なるべく見ないようにしました。手おし車を動かして行ったり来たりしながら、よくもまあ、いらないものを若(わか)いときからこんなに集めたものだと、あきれました。そしてときどき、時計を見るのでした。

（これが最後の荷物だな。いや、ママはきっと戸だなのとってからストーブについてるひもまで、持っていきたがるぞ……）

そこでもう一度だけ、ムーミン谷へ車をおしてもどりました。

家では、ママがバスタブを丘(おか)の上へ引っぱり出しているところでした。スニフが、ミルク皿を持って、そばに立っていました。

「ぼくの話を、ちっとも聞いてくれないじゃないか。ぼく、あれはどこにいるのって三回も聞いたのに」

「えっ、なにが？」

ムーミンママは、あわててたずねました。

「ぼくの子ネコだよ！　ぼくを待ちくたびれている、あのかわいい子ネコは、どこにいるの。ぼくたち、探(さが)してやらなきゃ！」

「ああ、そうね」

ムーミンママは、バスタブから手をはなしました。

「あなたのひみつの子ネコね……。そう、あの子はたまにしっぽをちらっと見かけるくらいなの。夜にばかり、ミルクを飲みに来るのよ」

「じゃあ、おばさんのことを好きになりかけているんじゃないんだね」

「そうよ。とてもしっかりしてる子だから、ひとりでやっていけるわ。ネコというのはみんなそうだけど……」

ちょうどそこへ、ムーミンパパが手おし車をゴロゴロさせて、やってきました。

「これが、最後だぞ。もう六時半になるし、どうくつの天井をふさがにゃならん……。いったい、バスタブなんて持っていってどうするつもりだね？」

ママはいいわけしました。

「まだ下ろしたてなんですよ。おふろに入るのは、気持ちがいいでしょ？　それに……」

「わかった、わかった。じゃあバスタブごと、おまえも運んでやるから。ヘムルは、どこだね」

「あの人、切手を数えてるわ。ムーミントロールは小さかったころ、おそろしく太ってたのね」

家族写真のアルバムを手に、スノークのおじょうさんがいいました。

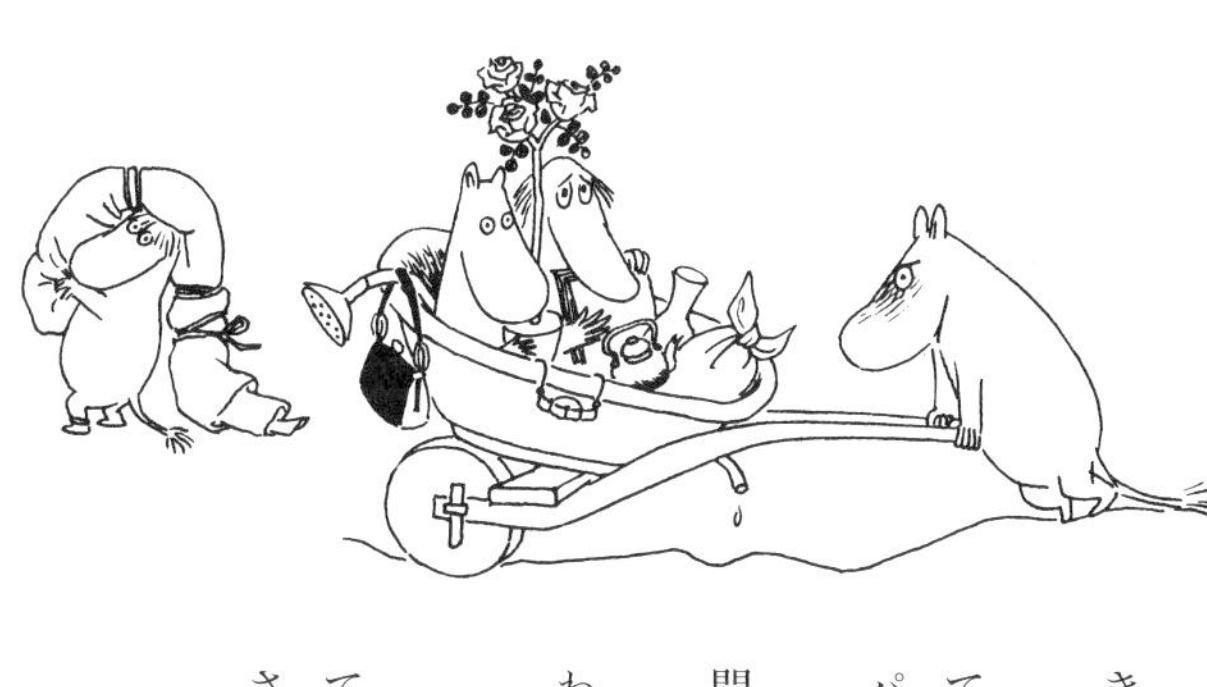

「ヘムルさん！　バスタブの中へ入ってください。もうじき、衝突しますから。彗星がやってくるんですよ！」

ムーミンパパがどなると、ヘムルは切手アルバムを抱えて、さっさとバスタブの中へ入りました。こうしてムーミンパパは、ふたたび出発したのでした。

ムーミン谷を出たのは、スニフが最後でした。森をぬける間も、ずっと子ネコを呼びつづけていました。

そして、とうとう見つけたのです。子ネコはコケの上にすわって、毛づくろいをしていました。

「やあ、元気かい？」

スニフがやさしくいうと、子ネコは体をなめるのをやめて、じっと見つめてきました。スニフはそっと近づき、手をさしだしました。子ネコは、少し逃げました。

「ぼく、おまえに会いたかったよ」

スニフはもう一度、手をのばしました。

子ネコは手のとどかないところへ、ぴょんととびのきまし

た。彼がなでようとするたびに、子ネコはよけましたが、逃げていってしまうことはありませんでした。

「彗星が来るんだ。ぼくたちといっしょに、どうくつへおいでよ。さもないと、ぶっつぶされちゃうぞ」

「いやよ」

といって、子ネコはあくびしました。

「かならず来てよ。約束だよ！　八時までにね！」

「ええ、行きたくなったら行くわ」

子ネコは毛づくろいをつづけました。

スニフはコケの上にミルクのお皿を置いて、しばらく、じっと見ていました。そしてまた、砂浜へ走っていきました。

どうくつでは、みんながバスタブを、岩山の上へ引っぱり上げているところでした。

「しっかり引っぱれ。ロープをはなしたら、わたしのつま先に落っこちるからな」

ムーミンパパがどなりました。

「つるつるすべるんだよ！　せっけん入れが引っかかって、どうにもじゃまなんだもの」

ムーミントロールも大声で返します。

ママは浜辺に腰を下ろして、ひたいの汗をぬぐいながら、ため息をつきました。

「たいへんなお引っ越しだわ」

「みんな、なにしてるの？」

と、スニフが聞きました。

「バスタブが大きすぎて、どうくつの中へ入らないの。スノークは、そのことで会議を開こうというけれど、そんな時間はもうないのよ。今、みんなで引っぱり上げて、天井の穴をふさごうとしてるわ。やれやれ」

「ぼく、あの子ネコと会ったよ。八時までにどうくつへ来るって、約束したんだ」

「それはよかった。ほんとに、よかったわ。じゃあわたしは、どうくつの中で寝どこの用意をするわね」

けっきょく、バスタブは四センチたりないだけで、天井の穴をふさげたのでした。なんと運がよかったのでしょう。荷物はすべて、どうくつの中におさまりました。入り口には、ムーミンママが毛布をつるしました。

「あれで、だいじょうぶだと思う？」

ムーミントロールがいいました。

「ぼくが、毛布を強くしてやるよ」

スナフキンはそういうと、ポケットから小さなびんを取り出しました。

「ほら！　これが、地下のサンオイル。地球の中心みたいなどんな熱さでも、平気なんです」

「毛布がしみにならないかしら？」

こういったとたん、ママは両手を打ちあわせて、さけびました。

「じゃこうねずみさんはどこ？」

「あの人は、来たくないそうだ。遠足はたくさんだとさ。だから、置いてきたんだ。ハンモックはあげてきたよ」

パパがいいました。

「まあ」

ムーミンママはため息をついて、携帯コンロで夕ごはんのしたくをつづけました。七時五分まえになっていました。

みんなが食後のチーズを食べていると、どうくつの外でゴソゴソ音がして、毛布の下からひげづらがのぞきました。

「やっぱり来たんだね」

ムーミントロールがいいました。

「あのハンモックは、とても暑くてな。どうくつの中なら、ちっとはすずしかろうと考えたのじゃ」

じゃこうねずみはどうくつのすみっこでガタゴトやかましくやってから、そこにすわりました。

「おじさん、とちゅうでぼくのネコを見なかった？」

スニフがじゃこうねずみに聞きました。

「知らん」

「これでよし、と。八時になったぞ」

ムーミンパパは、時計のねじをまきました。

「じゃ、デザートを食べる時間があるわね。スニフちゃん、ケーキはどこに置いたのかしら？」

「どこか、そのへん」

ママが聞くと、スニフはじゃこうねずみのほうを指さしました。

「どこ？　見あたらないわ。ねえ、じゃこうねずみさん、ケーキを見かけませんでした？」

じゃこうねずみが怒って答えました。

「ネコもケーキも、わしゃ見とらんぞ。口に入れたことも、さわったこともない。わしは、考えごとをしておるんじゃ」

ヘムルは声をあげて笑うと、アルバムに切手をはりながらつぶやきました。

「そのとおり。うるさいな。まったく、ここはうるさい」

「いったいどこへ行ったのかしら？　スニフちゃん、まさかとちゅうであのケーキをぜんぶ食べちゃったりしてないでしょうね」

ムーミンママはこまりきって、たずねました。

「あれは大きすぎたよ」

スニフはあっさりいいました。

「じゃ、つまりちょっとは食べたんだな！」

ムーミントロールが大声をあげました。

「てっぺんの星だけだい。あれ、最悪にかたかったよ！」

スニフもどなりかえして、マットレスの下へもぐりました。これ以上、みんなと顔をあわすのが、いやだったのです。あのケーキには「かわいいムーミントロールへ」と書いてありましたが、「かわいいスニフへ」とは書いてありませんでした。それにもう八時をすぎているのに、まだ子ネコが来ないのです。

「やれやれ。なにもかもめちゃくちゃね」

ムーミンママはいすにへたりこんでしまいました。ひどくつかれたからです。

そのとき、スノークのおじょうさんが、じゃこうねずみをぎろりとにらんでいいました。

「ちょっと立ってみて！」

「わしゃ、すわったら動かんぞ」

と、じゃこうねずみは答えました。

「おじさんは、ムーミントロールのケーキの上にすわってるのよ」

じゃこうねずみはびっくりして立ち上がりました。あらまあ、じゃこうねずみのおしりったら！　そして、デコレーションケーキが台なしです……。

「これこそ、むだもいいところだ！　このケーキは、ぼくのお祝いだったのに！」

ムーミントロールがどなると、じゃこうねずみもどなりかえしました。

「わしはこのまま一生、べたべたの体でおらねばならんのか！　なんてこった。あんたがたのせいじゃ！」

「まあまあ、ふたりとも。形は変わっても、ケーキはケーキですよ……」

ムーミンママがいったのですが、どちらの耳にも入りませんでした。

スナフキンは、笑いだしました。するとスニフは、自分が笑われたのだと思って、マットレスの下からはい出して、わめきました。

「古ぼけたケーキを、ぼくが芸術品にしてあげたんだ！　どうせムーミントロールのケーキで、ぼくには関係ないし！　おまけに、ネコだってクリームが好きなのに、だれも気づいてないじゃないか。ぼくはこれから、あの子ネコを探しに行く。ぼくのことを気にかけてくれるのは、あの子だけなんだ！」

スニフは毛布をくぐって、出ていってしまったのでした。

「まあ、たいへん！　そうよね、『かわいいスニフちゃんへ』とも、書いておくべきだったわ……どうしましょう！」

ママは、大声でいいました。

「これはもう、あの子にも、なにかとってもいいものをあげないとだめだね」

と、パパはむずかしい顔です。

ムーミンママは、うなずきました。子ネコの首かざりにぴったりでしょう。おばあさんからもらったエメラルドを、スニフにあげることにしたのです。あれなら、

スナフキンは毛布をめくって、どうくつの外をながめました。

「ぼくが、ついていったほうがいいよね」

「ちょっと待って。あの子はほんの少し、ひとりきりになりたいんじゃないかしら。きっと、すぐに帰ってくるわ」

と、ムーミンママがいいました。

「おい、どうなってるんだ？　わしのようすを気にしてくれるものは、だれもおらんのか」

じゃこうねずみが聞きましたが、ムーミントロールはきっぱり答えました。

「いません。ぼくたち、ほかに考えることがいっぱいあるんです。だから、おじさんのことを考えるのは、本当にむだだと思うんです」

むしょうにかなしいやら腹が立つやらで、スニフは森の奥へ来るまで、こわいのもわすれ

ていました。木々は、赤い紙から切りぬかれたように見えます。森は少しも動かず、人影一つありません。地面は熱くて、歩くたびに、ザラザラと音がしました。

きっとみんな、ぼくのことで心をいためてるにちがいない。そう思うことだけが、スニフをなぐさめてくれました。

胸をどきどきさせながら、スニフはいっそう森深くへ入っていき、みんながどれほどいじわるだったかを考えました。あの連中は、彼のどうくつにかくれて、あの古くさいケーキを食べているのです。地球上で逃げもかくれもしていないのは、このスニフだけなのです。もちろん、本当はこわいのですけれど。スニフはあんな人たちのことを気にしないことにしました。なにもかも、どうにでもなれ。彗星も子ネコもみんな、なにもかも。

そのとき、あの子ネコがしっぽを上にぴんと立てて、こちらへやってくるのが見えました。

「よう」

スニフはそっけなくいって、通りすぎました。

ところがしばらくすると、なにかやわらかいものが足にさわるのを感じました。

「なんだ、おまえか。どうくつへ来ると約束したのに、来なかったじゃないか。そんなやつ、知らないよ」

「ねえねえ、ほら。わたし、ふわふわでしょ」

子ネコがいいましたが、スニフは返事をしませんでした。

するとネコが、のどを鳴らしはじめました。静まりかえった森の中にその音だけが聞こえました。

スニフはふと、あたりを見回しました。ぶるぶると足がふるえてきました。まわりはコケばかりで、道がなかったのです。どうくつがどっちのほうにあるのか、まったくわかりませんでした。

一方、どうくつの中では、だれもデザートを食べる気になれませんでした。毛がいっぱいついていて、どうにもならなかったのです。じゃこうねずみは、洗面器(せんめんき)に張(は)ったお湯に浸(つ)かっていました。こうして、時間がすぎていきました。

「今何時？」

ムーミントロールがたずねると、パパが答えました。

「八時二十五分だ」

「ぼく、スニフを探しに行かなくちゃ。間にあうように、時計をかしてね」

「だめよ！　行かせないで！」

と、スノークのおじょうさんはさけびましたが、ムーミンママはいいました。

「これは、しなくちゃならないことなの。とにかく、早く行きなさい」

ムーミントロールは毛布をくぐって、外へ出ました。がらんとした浜辺は、火がついたような熱気につつまれています。

ひっしに走りながら、たえずスニフの名を呼びつづけました。これほど、ひとりぼっちだと感じたことはありませんでした。合間に時計を見ます。八時三十一分です。あと、十一分！

ムーミントロールは、赤く染まった森の中へ飛びこみました。七歩走ってはスニフの名をさけび、また七歩走ってさけび……。

Tove

するとずっと遠くから、かすかなさけび声が聞こえてきました。ムーミントロールは、両手を口にあてて、せいいっぱいの大声を出しました。

「スニフ!!」

小さな動物のスニフが、もう一度返事をしました。うんと近くです。

ふたりは会うことができましたが、「やあ」の一言さえいわずに、けんめいに走りました。後ろから、子ネコが飛びはねるようについてきます。おおいかぶさるように彗星がせまっています。おそろしさに打ちひしがれているムーミン谷めがけて。

あと六分……。砂の上を走るのはやっかいで、悪夢のように、少しずつしか進めません。熱い空気で目がいたくなり、のどもからからにかわいて……。やっとのことでたどりついた岩山も、まっ赤です。

ムーミンママが外で待っていてくれました。なにかさけびながら、手をふっています。ふたりは、夢中でよじ登りました……。あと、たったの三分しかありません!

急に、すずしくなりました。どうくつの中へ入ったのです。見れば、なにごともなかったかのように、石油ランプが静かに燃えていました。

「ぼくのネコを紹介するね」

スニフの声はふるえていました。

　そこでムーミンママは、あわてていいました。

「まあっ、かわいいネコちゃんだこと。あなたにプレゼントがあるのよ……。うちへ来てくれた記念に、おばあさんのエメラルドをあげようと思っていたんだけど、このごたごたで、すっかりわすれてしまって……。これで、ネコちゃんに首かざりを作るのはどうかしら」

　スニフは大声をあげました。

「エメラルド！　おばあさんの形見だって！　それを、このネコに。わあ、すごい。ぼく、なんてしあわせなんだ」

　しかし、ちょうどその瞬間、あの彗星が地球めがけて落ちてきたのです。まっ赤に燃える火のかたまりが――。

　石油ランプが、砂の上に引っくりかえって消

えました。時計はちょうど、八時四十二分四秒でした。

地下のサンオイルをぬった毛布の下から、目もくらむようなまっ赤な光が見えました。でも、どうくつの中は暗闇のままでした。

みんな、できるだけすみっこでしっかりだきあったまま、天井の穴をふさいでいるバスタブに、隕石が雨あられとふりそそぐ音を聞きました。じゃこうねずみは洗面器の中にへばりついたままです。ヘムルは切手がまた吹き飛ばされないように、アルバムにおおいかぶさっていました。

岩山全体がぐらぐらゆれて、あたり一面がふるえ、彗星が恐怖のさけび声をあげました。それとも、悲鳴をあげたのは地球のほうだったのでしょうか。

長い間、みんなは体をちぢめ、かたまったままでいました。外では山がくずれ、地がさける音が、ガラガラとこだましています。時間がおそろしく長く感じられました。まるでひとりとり残されたみたいに、だれもが心細くてしかたありません。

永遠につづくと思われた時間がやっとすぎると、こんどは音が消えてしまいました。みんなはいっしょうけんめいに耳をすましましたが、外はしいんと静まりかえっているばかりです。

ムーミントロールがささやきました。

Tove

「ママ、地球はもう、ほろびちゃったの？」

「もう、すんだのよ。わたしたちはほろびたかもしれないけど、ともかく、すんだのよ」

ムーミンママは答えました。

「とんでもないものが、飛んできたわけだ」

ムーミンパパは、無理におどけようとしました。

スノークが少し笑いましたが、それきりみんなは、まただまってしまいました。ママが石油ランプを見つけて、あかりを灯しました。すると、あの子ネコが砂の上にうずくまって、毛づくろいをしているのが見えました。

「ほんとにこわかったわ。わたし、もう二度と時計なんて見たくない！」

スノークのおじょうさんはいいました。

「さあ、寝ましょうよ。あの彗星のことはもう、話すのも考えるのもやめ。外がどうなっているかも、見ちゃいけませんよ。それは、明日になればわかることだもの」

こういったのは、ムーミンママでした。

みんなが寝どこに入って、ふとんをかぶると、スナフキンはハーモニカを取り出しました。ハーモニカがすっかりもとどおりになって、小さな音も大きな音もちゃんと出るのがわかると、子もり歌を吹きはじめました。ムーミンママも知ってる歌でしたから、ハーモニカにあわせて、そっと歌いました。

おやすみ　いとしい子どもたち
空は暗闇（くらやみ）　さまよう彗星（すいせい）
だれも知らないその行方（ゆくえ）
ゆるり眠（ねむ）りて　夢（ゆめ）を見よう
さめては　夢をわすれよう
夜はすぐそこにある　空のかなたはこごえてる
百もの子ヒツジ　さまよう牧場（まきば）

やがて、どうくつの中は完全に静かになりました。スニフは、鼻のところにやわらかいものがさわったので、ちょっと目をさましました。子ネコでした。
スニフはその子ネコをだいて、いっしょに眠りました。

10章

ムーミントロールは目をさましましたが、ここはどこなんだろうと思いました。どうくつの中は、にぶいうすあかりに照らされて、石油のにおいがしました。それで、すっかり思いだし、がばっとはね起きました。

ほかのみんなは、まだ眠っています。ムーミントロールはちょこちょこと出入り口に近づくと、そっと毛布をめくって、外を見ました。すべてのものを赤く染めていたあの光は、消えています。空はうつろな色で、あたりは静寂そのものでした。

ムーミントロールは外へはい出して、岩山の上にすわりました。彗星が投げすてていった、隕石をひろい上げてみました。それは、黒くてぎざぎざとがっていて、とても重いものでした。

それから、長い砂浜と干上がった海を見下ろしました。なにもかも、ぼんやりとした色をして、もの音一つしません。

地面におそろしい穴が開いているとか、あっとおどろくような変化が起こっているものと、ムーミントロールはかくごしていたのです。ところが、これはどう考えたらよいのでしょう。少しこわくなりました。

「やあ」

スナフキンも、どうくつから出てきていました。ムーミントロールの横にすわり、パイプに火をつけました。

「やあ。地球がほろびると、こんなふうに見えるのかな。どこもかしこもからっぽで、なにもないけど」

ムーミントロールがたずねると、スナフキンが答えました。

「ぼくらの地球は、ほろびなかったんだ。彗星は、しっぽをかすっただけだと思うな。そして、また宇宙のはてへ、飛んでいったんだろうね」

「つまり、ぜんぶちゃんと残ってるってこと？」

ムーミントロールは、信じられないようすです。

「あれを見ろよ。海だ」

スナフキンがパイプでさしたはるかかなたの地平線に、かすかに光を放って、なにか命あ

るものが動いているのを見つけたのです。

「ほら、海が帰ってきたんだ」

と、スナフキンはいいました。

空の光がずんずん強くなっていく中で、ふたりはだまってすわっていました。朝日がのぼりました。いつもと少しも変わりのない朝日です。

海はなつかしい海岸におしよせてきて、日がのぼるにつれて、青く青くなっていきました。波がもとの深みに流れこみ、底に落ちつくと、緑色になりました。

どろの中にかくれていた、泳ぐもの、くねるもの、はうもの、すべての海の生きものが、すきとおった水の中へ、いきいきと飛び出していきました。海草や水草も身を起こして、太陽に向かってのびはじめました。海ツバメが一羽、海の上を飛び回り、あたらしい朝がまたやってきたことをつげました。

「海が帰ってきたぞ！」

と、ムーミンパパがさけびました。

もう起きていたみんなも、どうくつから出てきて、目をまるくしました。地球がほろびてなかったことにおどろかなかったのは、ヘムルだけです。切手の整理をすませてしまおうと、砂浜へ切手アルバムを持ってきていました。念のため、隕石でそのすみをおさえました。

ほかのみんなは太陽のほうを向いて、岩山の上に一列にすわりました。

「あなたのネコちゃん、なんて名前なの」

スノークのおじょうさんが、スニフに聞きました。

「それは、ひみつさ」

子ネコはスニフのひざの上に寝そべって、のどを鳴らしながら、太陽を見上げています。

ムーミンママが声をかけました。

「さあ、これからおうちのベランダで、あのデコレーションケーキを食べましょうよ。家へ帰らない？　森もお庭も家も、ちゃんと残ってるかしらね？」

ムーミントロールはいいました。

「きっと、そっくりそのままだと思うな。さあ、見に行こうよ」

日本の読者のみなさんへ

トーベ・ヤンソン

Dear
Japanese Readers
a lot of Love to you!
♥
Tove Jansson
10.3.1990

親愛なる
日本の読者のみなさんへ
たくさんの愛を！
トーベ・ヤンソン
1990年3月10日

「親愛なる読者のみなさん！」

子どものときに読んだお話は、よくこんなふうに始まっていて、自分もお話の仲間のひとりなのだ、というすてきな気分になったものです。

ですからわたしも——、

親愛なる読者のみなさん、ムーミン谷の仲間たちの物語は、わたしの子ども時代にほんとうにあった楽しいことから（そうですね、ほとんどのところ）その題材を得ています。（なんだかまるで）作り話みたいに恐ろしいことも起きるけれど、たいてい最後にはちゃんとうまくいくような、そんな日々を書こうとしていたのだと思います。

わたしは、平和な家族をえがいてきました。

だれもが、うちあけたいと思わなければ、それぞれの秘密を胸に秘めていられます。

「何時に帰るの？」とたずねる人もいなくて、夕食におくれた人は食糧室におしかければそれですみます。ひとことでいえば、だれもがおたがいを、気のとがめるような気分にさせないのです。そしてそのことから得られる自由は、たいせつなことです。

とはいってもこの場合、どのようなやり方であるにしても、みだりにそうしてはいけないとの暗黙のやくそくはありましたし、どんなにばかげて見えたとしてもあいての面目を失わせてはいけないという、他人に対する誠実な責任もともなっていました。

家族のみんなはしばしばまぬけなことをしますが、でもそのあとで力をあわせてものごとを解決しようと努力するのです。

この一家は海に近い、みどりの谷間にすんでいます。そこでは、時間がないだのいそがしいだのと急きたてられたりしませんし、夜になったらみんなおやすみなさい、の世界なのです。ときどき、さまよってきた人がこの谷間にやってきて、一夜をすごしたり、ここにずっとすみついたりします。こうしてあたらしい友だちが（でなくても、ともかく知りあいが）できるのです。

親愛なる日本の読者のみなさん、フィンランドにあるムーミン谷は、たぶん、あなたが思っているほどあなたのところから遠くへだたってはいないのです。とくに、わたしたちのようにおたがいの国のおとぎ話を読みあっていて、お話がほんとうのことだと信じる者どうしにとってはね。

解説「好きになること」

高橋静男
（フィンランド文学研究家）

「ムーミン童話全集」の作者トーベ・ヤンソンさんは、一九一四年、フィンランドの首都ヘルシンキで、彫刻家の父親と画家の母親との間にうまれました。家庭には、大人だから、子どもだからという差別はなく、たがいにひとりひとりの意見を尊重しあう自由な雰囲気がありました。自由な環境の中で、ヤンソンさんは、自分のすることは自分で決めていく習慣が身についたようです。小さいなりに自分の考えをはっきりと持ち、元気に外でよく遊び、自立心の旺盛な少女になっていきました。

やがてヤンソンさんは、ヘルシンキでもっとも厳格なことで知られる小学校へ、そして中学校へと入学しました。学校はそれまでの家庭の環境とはまったく異なり、とまどうことが多かったようです。たとえば、なにかというと質問され、答えを求められるのが苦手で、答えを知っているはずの人がわざわざ質問してくるのも、とてもふしぎでした。

そんなわけでヤンソンさんは、学校ではひっこみじあんだったためにあまり友だちと話ができず、いつも「だれかがわたしに目をとめてくれたらいいのに」と思っていました。また、算数や代数はたいへん不得意でしたが、作文を書くことはそのころから好きで、ときどきよくできた例として、みんなの前で読み上げられたそうです。
学校は、家からずいぶん離れていたので、ヤンソンさんはよく、その道々を、お話を作りながら歩きました。うまくおしまいまでできないうちに学校についてしまうと、その近くをもうひとまわりして、お話の終わりを考えたりしました。

小さいころから絵が好きだったヤンソンさんは、高等学校のときからスウェーデンの首都ストックホルムの美術学校に留学して学びました。そこでの絵の勉強は、なにもかもが楽しいものでした。しかしここでもひとりでぽつんとしていることが多かったようです。

ストックホルムでの勉強を終えると、さらにヘルシンキの美術学校、つづいてパリの美術学校で学び、帰国後に画家として自立して、絵やデザインの仕事を始めました。

ムーミン童話は絵やデザインの仕事をしている中からうまれてきました。もともとお話を作ることも大好きだったヤンソンさんは、ある日、自分の描いた絵の中からお話を作りだしたのです。ところがしばらく出版にはいたらず、やっと一九四五年になって、『小さなトロールと大きな洪水』（ムーミン童話の原話）、一九四六年に『彗星追跡』（『ムーミン谷の彗星』の原話）が出版されました。そのつぎに書かれた『たのしいムーミン一家』

が、一九四八年に出版され、大評判になりました。以後、このシリーズがヤンソンさんの作と絵によって全八作まで書きつがれてゆきます。

　これまで日本では、『たのしいムーミン一家』を第一巻めとしてムーミンシリーズが編成されていましたが、今回の「ムーミン童話全集」ではヤンソンさんが作品を書いた順に（つまり『ムーミン谷の彗星』から）全八巻が刊行されてゆきます。

　作家としてのヤンソンさんの活動は、このムーミン童話に始まり、児童文学のノーベル賞といわれる国際アンデルセン大賞をはじめ、国内外のかずかずの賞を受賞し、現在までに三十もの言語に翻訳されています。また、絵本やアニメーションでも紹介されています。

　ムーミンは、まんがにもなりました。一九五四年から、イギリスの代表的な夕刊紙「イヴニングニュース」に六年間連載され、さらに多くの人々に読まれたのです。連載が終わるとまんがムーミンは本になり、一九五〇年代だけで世界の六十もの言語に翻訳され、広く世界にゆきわたりました。

　ヤンソンさんは、このほかに大人向けの小説や絵画作品もたくさん発表して、やはり世界のあちこちで紹介されています。そして、ムーミン童話もまた、子どもたちだけのために書かれた作品ではなかったのです。

「とくに最後の二冊、『ムーミンパパ海へいく』と『ムーミン谷の十一月』は大人向けに書きました。ところがふしぎなことに、その二冊は子どもたちにとって、お気にいりの作品のようです」

とヤンソンさんはおっしゃっています。ムーミン童話には、大人と子どもをへだてるものはないのかもしれません。

こうしてヤンソンさんは、子どもから大人までに親しまれる世界的な北欧の作家として注目されるようになりました。一九七六年にはフィンランド最高の勲章を受章し、一九七八年にはオーボ・アカデミー大学の名誉文学博士になりました。そして世界中で、作家トーベ・ヤンソンのムーミン童話を研究する人が年々増加し、卒業論文・修士論文はもちろんのこと、博士論文や研究書まであらわれるようになりました。

ヤンソンさんは小・中学時代には成績もかんばしくなく、ひとりぼっちでぽつんとしていることが多かったのですが、その中で自分の好きなこと——絵画の勉強と物語を書くことを続けて、とうとうムーミン童話を書き上げました。そして、世界中に多くの友人ができて、もう、「だれかがわたしに目をとめてくれたらいいのに」などといわなくてもよくなったのです。

ムーミン童話には、自分の好きなことがわかっていて、自由に自分らしく生きている人物がおおぜい出てくることも、自然な気がします。スナフキン、ムーミンママ、ミイ、おしゃまさん、ヘムレン、じゃこうねずみ、スノークたちです。

　そして、自分の好きなことが見つからないで、おどおどしたり、おびえている人物をおおぜい登場させて、つぎつぎに立ち直らせていることも、なるほどという気がします。モラン、漁師、フィリフヨンカ、ホムサ、ニンニ、サロメちゃん、メソメソくんたちです。

　ヤンソンさんが子ども時代に好きだったことは、絵を描くことと文章を書くことだけではありませんでした。自然を愛し、とくに小さな生きものが大好きでした。お父さんが動物好きだったことが影響しているのかもしれません。

　ヘルシンキ市内の家で、ヤンソンさん一家は、広いアトリエや、アトリエのすみにしつらえた寝床でいろいろな生きものと暮らしていたのです。お父さんがコウモリ、サル、カナリア、ウサギ、ネズミ、イヌ、ヒツジ、ネコ、リス、カラスなどを飼っていたからです。お父さんは、生きものの世話をよくして、かわいがっていました。命令したり、なにかを教えこんだりせず、できるだけ自由に生きられるようにしてやっていました。

　ヤンソンさんの生きものに対する姿勢は、少しちがっていました。ヤンソンさんは自分の生きものを飼ってはいなかったようです。

　ある夏のこと、友だちの少年が海中でもがいているカモメをひろいあげたときのことです。少年が傷口を調べ、助かるかどうか確かめていると、幼いヤンソンさんは、ただひたすら、はなしてやってほしいとうったえつづけたのです。また、お父さんがたくさんのハエをつかまえると、彼女は、遠い村まで、たまったハエが入っているふくろを持っていって、にがしてやっていました。

小さかったヤンソンさんは、どんな理由があるにせよ、とにかく、生きものを自由にしてやりたいと強く願っていたと思われます。

ヤンソンさんは、大人になっても、夏の別荘にやってくる動物や、まわりの植物と、世話する・世話されるという関係ではなく、対等な友だちどうしのようなつきあい方をしています。生きものが好きといっても、ヤンソンさんの場合は、心の底から大好きであったようです。

どうやら、ヤンソンさんにとって、絵を描くことや、お話を空想して書くことや、そして生きものをはじめとする自然が大好きであったことは、ムーミン童話をうみだす原動力になっているようですね。

（一九九〇年のものを再録しました）

トーベ・ヤンソン

画家・作家。1914年8月9日ヘルシンキに生まれる。芸術一家に育ち、15歳のころには挿絵画家としての仕事をはじめた。ストックホルムとパリで絵を学び、1948年に出版した『たのしいムーミン一家』が評判に。1966年国際アンデルセン大賞、1984年フィンランド国家文学賞受賞。おもな作品に、「ムーミン全集」（全9巻）、『少女ソフィアの夏』『彫刻家の娘』、絵本『それから どうなるの？』、コミック『ムーミン』などがある。2001年6月逝去。

下村隆一（しもむら りゅういち）

翻訳家。1929年、大阪市生まれ。東京大学経済学部2年生時、結核性脳膜炎を発症。一部麻痺が残り、薬の副作用による障害もかかえながら、スウェーデン語を独学で学び、翻訳を始める。翻訳が評価され、スウェーデンのルンド大学から招待を受け、留学。1969年、交通事故に遭い急逝。翻訳書は他に『ムーミン谷の夏まつり』『長くつ下のピッピ』など。

ムーミン谷の彗星 特装版

2024年 7 月 30 日　第1刷発行

著　者　トーベ・ヤンソン
訳　者　下村隆一
翻訳編集　畑中麻紀
ブックデザイン　脇田明日香
発行者　森田浩章
発行所　株式会社講談社
〒112-8001 東京都文京区音羽2-12-21
電話　編集 03-5395-3535　販売 03-5395-3625　業務 03-5395-3615
印刷所　株式会社新藤慶昌堂
製本所　大口製本印刷株式会社

KODANSHA

N.D.C.993 223p 16cm ©Moomin Characters™ 2024 Printed in Japan　ISBN978-4-06-536098-9